내 삶의 목적은
무엇인가

아프고 힘들었던 나를 찾아 위로와 격려를 해주는 시간여행

내 삶의 목적은
무엇인가

권은경 지음

두드림미디어

어떤 상황에서도
한 번뿐인 삶을 포기하지 말자!

   나는 3남 2녀의 막내로 태어난 다음 해에 아버지를 여의고 가난한 집안에서 자랐다. 그런 탓에 엄마와 형제들 사랑을 받지 못한 채 어린 시절을 보냈다. 게다가 여덟 살이 많은 둘째 오빠로부터 적잖은 폭력을 당한 것이 트라우마로 자리 잡아 어른이 되어서도 이 기억이 계속 따라다니며 삶의 순간마다 발목을 잡는 일이 빈번히 일어났다.

   10대가 된 이후, 어떤 이유인지 모르는 청각장애로 심한 스트레스에 시달리면서 부정적인 사고체계를 가지게 되었고, 이는 결국 결혼하고 아이를 낳아서도 행복한 생활을 보낼 수 없게 했다. 40대가 되면서 큰돈을 잃는 일이 계기가 되어 마음공부를 접하게 된다. 하지만 좋은 일과 나쁜 일은 한꺼번에 온다고 했는지 마음공부를 하면서 나를 치유하는 계기가 된 한편, 모든 것을 다 잃게 되는 일이 10년 동안 벌어지게 된다.

나는 책을 쓰면서도 엄청난 두려움에 사로잡히기도 했다. 완전히 밑바닥까지 내려오니 진짜 두려움이 어떤 것인지 비로소 알게 되었기 때문이다. 하지만 이러한 두려움을 정면으로 마주하고 책을 쓸 수 있었던 것은 적어도 죽을 때 후회하지 않기 위해서다. 왜냐면 한 번뿐인 인생인데, 살다 가는 마지막 순간을 후회로 보내기에는 너무 아깝기 때문이다.

사람들은 성공해야만 책을 쓸 수 있다고 생각한다. 나 역시도 그랬다. 하지만 생각을 조금 바꾸기로 했다. 성공한 사람들만 책을 쓴다면 누구도 좋은 책을 낼 수 없을 것이다. 성공의 기준도 모두 다를 뿐더러 대부분 사람은 자신이 성공한 인생이 아니라고 생각한다. 아니, 성공했다고 하더라도 책을 쓸 만큼 성공했다고 생각하지 않는다.

각자의 인생에는 많은 희로애락이 있다. 본인만의 소중한 삶 속에는 많은 경험과 지혜가 담겨 있다. 이 책에는 내 인생의 실패 경험이 많이 담겨 있어 누군가는 책을 읽고 답답할 수도 있고 누군가는 공감할 수도 있다. 하지만 그럼에도 불구하고 나는 내 삶을 포기하지 않았다. 그리고 뒤늦게 알게 되었다. 꼭 성공한 삶이 아니더라도, 실패한 삶이라도 끝까지 내 삶을 포기하지만 않는다면 다시 일어설 수 있다. 그건 나이나 스펙과는 아무런 상관이 없다. 중요한 것은 내 마음의 결심이다.

이런 나의 이야기가 다른 사람들에게 조금이라도 도움이 된다면 나는 더없이 행복할 것이다. 나 같은 사람도 용기를 내서 다시 일어섰다. 그러니 당신도 할 수 있다. 나는 이 책의 모든 독자가 소중한 삶을 어떻게 사는 것이 옳은 것인지 한 번쯤은 생각해보았으면 한다. 우리는 분명 우리가 세상에 태어난 목적이 있다는 것을 알기 때문이다. 그리고 우리는 행복할 권리가 있다.

나는 내 삶의 경험으로 많은 사람들에게 책으로, 강연으로 도움을 줄 것이다. 실패와 쓰라린 경험이 있는 사람이야말로 다른 이들의 공감을 얻고 조언해줄 수 있으리라 믿는다.

책을 쓰면서 내 마음에는 정말 많은 변화가 일어났다. 두려움이 자신감으로 바뀌었고, 불평과 불안은 행복과 감사로 바뀌었다. 무엇보다 내가 굉장히 가치 있는 존재라는 것을 알게 되었다. 그리고 이 모든 것은 신의 축복 같은 선물이었음을 비로소 알게 되었다.

"진리란! 나를 깨우고 나의 가치를 알리고 그 가치를 통해 세상에 선한 영향력의 일을 하는 것이다."

이것이 내가 깨달은 진리였다.

책을 출간하기까지 많은 도움을 주신 '한책협(한국책쓰기강사양성협회)' 김태광 대표님께 감사의 말씀을 드립니다. 그리고 언제나 열정 가득한 에너지로 동기부여를 준 권동희 대표님과 주이슬 코치님께도 감사의 말씀을 드립니다. 또한 이 책이 세상에 나올 수 있기까지 도움을 주신 ㈜두드림미디어 한성주 대표님과 최윤경 팀장님께도 감사의 말씀을 드립니다.

사고뭉치 엄마로 인해 마음고생을 한 딸에게 이 책을 전합니다. 책 쓴다고 묵묵히 지켜봐준 아들에게도 고맙다는 말을 전합니다. 그리고 긴 세월 아무런 사고 없이 묵묵히 그 자리에서 서로에게 마음으로 응원해주고 있는 친정언니와 오빠들에게도 마음을 담아 이 책을 전합니다. 책을 쓰면서 서로 응원해주고 삶의 지혜를 공유하면서 한 뼘, 한 뼘 같이 성장하면서 행복과 웃음을 나눈 이미경 작가님께도 감사의 말을 전합니다.

권은겸

차례

제1장

우리는
삶이라는
꿈을 꾸고 있다

우리는 삶이라는 꿈을 꾸고 있다

"은겸아, 우리 시어머니 돌아가셨어."

"그래? 너가 고생 많았다. 정말 애썼어."

"그런데 은겸아, 나 너무 비참해진다. 너무 속상해."

"너무 남 의식하지 말고 너 할 도리만 잘 하고 와."

얼마 전, 시어머니가 돌아가셨다며 시댁 형제가 많은 친구는 장례식장에서 마주할 많은 사람들 때문에 가슴이 답답하고 숨이 막힌다고 했다. 5년 전에 자신이 꿈꾸던 삶이 한순간에 와르르 무너지면서 밑바닥 삶을 살아가고 있는 친구는 다른 사람들의 시선을 자기도 모르게 의식하곤 했다.

우리는 삶에 대한 꿈을 꾸면서 살아간다. 꿈을 꿀 때는 정말 행복하고 즐겁고 재미있는 인생이 될 거라는 희망에 찬 그림을 그려보기도 한다. 하지만 인생은 우리가 계획한 대로 흘러가지만은 않는다.

오르막이 있으면 내리막이 있는 것처럼 삶도 굴곡이 있는 것 같다. 운이 좋아서 술술 풀릴 때는 한없이 올라갈 것 같아도 운이 나쁘면 낙하산 타고 내려오듯 말이다.

5년 전의 일이다. 10년 근무한 회사를 퇴직하면서 친구 5명과 안면도로 여행을 갔다. 우리는 밤새 이야기하며 즐거운 시간을 보냈다. 그러고는 각자 열심히 살면서 10년 후에 성공한 모습으로 다시 만나자고 결의했다. 나는 제일 자신만만하게 큰소리로 외쳤다. "좋았어! 우리 꼭 지금보다 성공한 모습으로 만나자." 그때는 무슨 배짱이 있었는지 내 삶이 탄탄대로일 거라고 자부했다.

돈 잘 벌어다 주는 든든한 남편이 있었고, 노후에 대한 대비책도 어느 정도 해놨기에 그랬나 보다. 하지만 현재의 나는 전 재산 다 날린 이혼녀가 되어버렸다. 어디서부터 내 삶이 어떻게 꼬인 건지 도무지 알 수가 없었다. 다른 4명의 친구들 중에는 계속 승승장구 하는 친구도 있고, 소박하지만 가족들과 해마다 해외로 여행을 가는 친구도 있고, 좋은 사람 만나 재혼해서 신혼 같은 삶을 사는 친구도 있고, 식당을 개업해서 돈 버는 재미가 쏠쏠하다고 싱글벙글하는 친구도 있다.

5년이라는 세월 동안 크게 달라진 건 없어도 다들 조금씩 성장하고 있었다. 적어도 나처럼 밑바닥 삶을 살고 있지는 않았다. 이 4명의 친구들은 아직도 나의 상황을 모른다. 아마도 이 책이 출판되면 알지도 모르겠다.

나는 내 삶을 다시 되돌아보게 되었다. 분명 내 마음 어딘가에 꿈을 무너뜨린 무엇인가가 있을 것 같았다. 누구나 그렇겠지만 힘들 때 제일 먼저 생각나는 사람은 엄마인 것 같다. 나도 그랬다. 너무 무서운 나머지 두려움이 엄습해와서 온 세상이 캄캄했고 아무것도 보이지 않았다. 마치 장님이 된 것 같았다.

너무 절망적인 나머지 "엄마, 나 좀 데리고 가줘요. 나 이제 어떻게 살아야 할지 모르겠어요." 그렇게 이 세상에 없는 엄마를 찾으며 울부짖었다. 하염없이 눈물만 쏟아졌다. 정말 죽고 싶었다. 아니, 죽어야겠다고 마음을 먹었다. 찬란한 꿈을 꾸며 행복하게 살고 싶었는데, 50살이 넘은 지금의 내 모습을 보자니 너무나 창피하고 억울하고 바보 같아서 이런 나 자신이 너무나도 싫었다. 차라리 죽는 게 더나을 것 같았다. 엄마도 나 같은 심정이었을까? 문득 어렸을 때 엄마의 모습이 떠올랐다. 한이 맺힌 엄마의 마음이 내게 고스란히 전해졌기 때문이다.

나는 어렸을 때 엄마 껌딱지였다. 엄마가 동네 마실을 갈 때도, 시내에 볼일이 있어 나갈 때도, 나무를 하러 산에 갈 때도, 보따리에 물건을 담아서 이 동네 저 동네 팔러 다닐 때도 나는 엄마를 졸졸 따라다녔다. 오죽하면 동네 어른들이 "은겸이는 엄마 없으면 어떻게 살래? 엄마밖에 모르네" 하면서 놀리곤 하셨다. 엄마가 없는 일상은 상상이 안 되었다. 무서움 그 자체였다.

하지만 엄마는 나의 사랑을 받아줄 여력이 없었다. 왜냐면 내가 태어나고 다음 해에 아버지가 위암으로 돌아가셨기 때문이다. 나는 3남 2녀의 막내로 태어났다. 노산인 데다 입덧이 너무 심해 임신을 힘들어했던 엄마는 처음에는 나를 지우려고 했다고 한다. 동네 의사 할머니한테서 아이를 지우는 약을 구해 먹다가 아버지한테 혼났다고 한다. 나와 16살 차이가 나는 언니가 되려 아버지에게 따졌다고 한다. 아들이 3명이나 있는데 왜 또 엄마를 힘들게 하시냐는 거였다.
그때 아버지는 이렇게 한마디만 하셨다고 한다.

"너 때문에 그랬다. 딸 혼자는 외롭다. 둘은 되어야지."

그 말을 남기시고 아버지는 다음 해에 48세를 일기로 세상을 떠나셨다. 없는 살림에 내가 태어나고 바로 아버지가 돌아가시자 엄마는 내가 2살 때 부잣집으로 입양 보내자고 언니와 합의를 봤다고 한다. 너무 가난한 탓이었다. 그렇게 날 데려갈 고급승용차가 우리 집 앞에 왔을 때였다. 나보다 8살이 더 많은 둘째 오빠가 닭똥 같은 눈물을 흘리며 핏줄을 왜 남의 집에 보내냐고, 죽어도 같이 죽고 살아도 같이 살아야지 하면서 막아섰다고 한다. 고급승용차는 속절없이 떠나고 남은 건 언니한테 따귀를 맞은 둘째 오빠의 더 큰 울음소리였다고 한다.

내 어릴 적 기억에 '엄마' 하면 생각나는 것이 눈물이다. 엄마는 무슨 한이 그렇게 맺히셨는지 우는 날이 많았다. 특히 아버지 제삿날이 되면 온 동네가 떠나가도록 대청마루에서 곡소리를 하셨다. 다음 날 학교에서 만난 친구가 "은겸아, 어제 너희 아버지 제사였지?"라고 물어올 정도였다. 내가 "응. 어떻게 알았어?" 하고 물어보면 친구는 "너희 엄마 울음소리가 우리 집까지 들리더라"라고 속삭였다. 나는 당시 엄마의 아픔보다 내가 창피했던 게 먼저였던 것 같다.

한 번은 사촌언니 집에서 무엇 때문이었는지 엄마는 언니들과 이야기하는 도중에 바닥을 치시며 울분을 토하곤 하셨다. 그런 광경은 언니가 결혼하고 형부와 같이 친정에 들어와 살면서도 일어났다. 엄마는 형부와도 많이 싸우셨다. 나중에 안 일이지만 엄마는 돈 때문에 힘든 삶을 사셨다.

아버지가 돈을 벌어서 자식들보다도 사촌 조카들 공부시키는 데다 쓴 것이다. 옛날에는 다 그렇게 했다고 하지만 엄마 입장에서는 속상한 일이다. 오래오래 천년만년 살 것 같은 아버지는 빚만 남기시고 48세 나이로 일찍 가셨으니 엄마 심정은 말이 아니었을 것이다.

거기다 집안에 보탬이 되고자 했던 언니의 결혼이 사기였던 것이 들통이 났다. 언니가 아는 분의 중매로 돈이 좀 있다고 해서 형부를 만나 결혼했는데 막상 결혼하고 보니 돈이 하나도 없는 것이다. 결국 없는 친정집으로 형부와 같이 들어왔다. 엄마는 거짓말로 결혼해서 당신 딸 고생시키는 사위가 아주 미웠을 것이다.

그렇게 엄마는 돈 때문에 힘들게 사시다가 내가 14살 중학교 1학년 때 자궁암으로 돌아가셨다. 엄마는 돈 때문에 겪어야 했던 아픔으로 눈도 감지 못한 채 54세로 생을 마감하셨다. 엄마가 돌아가시던 날, 오빠들의 곡소리가 옛날에 엄마가 대청마루에서 울었던 소리만큼이나 크게 들렸었다.

이제야 엄마의 아픔이 고스란히 느껴지는 것은 왜일까? 내가 다 날리고 아무것도 없는 시점에서 왜 나의 어린 시절과 엄마의 삶이 떠오르면서 아픈 것인지 알 수가 없었다. 너무 아프고 힘들어서 무작정 밖으로 나가서 걸었다. 내 아픔인지 엄마의 아픔인지 분간을 못 할 정도로 가슴이 먹먹하고 아팠다. 엄마를 힘들게 한 돈이 미웠던 것일까? 그래서 돈이 내게서 떠나간 것일까?

엄마라고 죽고 싶지 않았을까? 하지만 엄마는 하늘이 부를 때까지 묵묵히 최선을 다해 사시다 가셨다. 난 눈물을 멈추고 하늘을 올려다보았다. 그러고는 엄마에게 말했다. 다시는 죽고 싶다는 말을 하지 않겠다고 했다. 대신 다시 일어선 모습을 보여주겠다고 다짐했다.

나는 다시 꿈을 꾸려고 한다. 우리는 모두 삶이라는 꿈을 꾸고 있다. 이왕이면 즐겁고 행복한 꿈을 꾸자. 우리는 그럴 자격이 충분히 있다.

기회는 사람에게서 온다

우리는 '인생에는 세 번의 기회가 온다'라는 말을 종종 듣게 된다. 그리고 '기회란 준비된 자에게만 온다'라는 말도 있다. 그래서인지 어려운 시기에도, 할 일이 없는 백수가 되어도 기회를 잡으려면 준비를 하라고 한다. 그렇지 않으면 정말 기회가 왔을 때조차도 준비가 되어 있지 않아 소중한 기회를 날려버리기 때문이다.

또 기회는 사람에게서 오는 경우가 많다. 평소에 인간관계를 잘 맺고 있었다면 준비를 하는 과정에 그 사람의 됨됨이를 보고 기회를 줄 수도 있기 때문이다. 지난 내 삶을 돌아보면 인간관계로 인해 기회가 왔던 순간을 놓친 적이 많았다. 그때는 그것이 기회인 줄 모르다가 나중에서야 기회였음을 알게 되는 경우도 있다.

고등학교를 졸업하고 청각장애로 취업하기가 무서웠던 나는 무엇을 할까 고민을 하던 차에 고향 친구가 자신이 근무하고 있는 백화점에서 판매원으로 일을 해보라고 권해주었다. 고객을 바로 상대하는 직업이니 듣는 것에는 큰 문제가 없을 거라고 생각한 것이다. 나는 고민을 하다가 무조건 알았다고 했다. 생존이 걸린 문제라 나는 용기를 내서 무엇이라도 해야 했다.

처음 들어간 매장은 비브랜드 메이커로, 남성 골프 의류였다. 그때 당시에는 아놀드파마, 피에르가르뎅, 슈페리어, 라코스테 같은 굉장한 브랜드가 줄을 서고 있었다.

나는 경력이 많은 언니 밑에서 열심히 배웠다. 마침 같이 일하는 언니도 나의 장애 사정을 알고는 특별히 신경을 써주었다. 그렇게 3년을 배웠다. 본사 사장님이 나를 잘 보았는지 다른 백화점에 있는 매장이 매출이 너무 안 나와 철수하기 직전이라며 나를 그곳으로 보냈다.

나는 어떻게 하면 매장을 살릴 수 있을지 고민했다. 잘하고 싶었다. 티셔츠 하나만 구입하려는 고객분께 바지도 같이 매칭시켜 구매 욕구를 하게끔 말과 수단을 가리지 않았던 것 같다. 그러다 보니 티셔츠, 바지, 재킷 이렇게 한 벌로 세트 판매가 이루어지면서 매출이 잘 나왔다.

판매하고 싶어도 옷이 없거나 사이즈가 별로 없는 옷 같은 경우는 디스플레이에 입히지 않았고, 사이즈가 많은 옷으로 잘 입혔다. 잘 입히면 정말 옷이 예뻐 보였다. 그렇게 나는 같이 일하는 동생한테 은근히 까다로운 언니라는 별명을 들어가며 그해 봄, 모든 유명 브랜드를 제치고 우리 매장이 1등을 하는 쾌거를 올렸다.

내가 1등을 할 수 있었던 데는 운도 따라 주었지만, 나에게 기회를 주신 사장님께 실망을 주고 싶지 않다는 마음에서 열심히 했기 때문이었던 것 같다. 그렇게 나는 1등이라는 쾌거와 함께 임신하면서 백화점을 떠나야 했다.

기회란 언제고 올 수 있음을 잊지 말자. 어려운 일이 생기더라도 좌절하지 말고 긍정과 희망을 품는다면 기회는 언젠가 반드시 온다. 지금 나의 상황이 그렇다. 지난 1월에 이혼 도장을 찍으면서 너무나 막막한 마음에 무엇이라도 해야 했다. 이것저것 찾아봐도 청각장애가 있는 내가 할 수 있는 일은 없었다. 이자도 내야 했고 생활도 해야 하는 상황에 마냥 놀 수만은 없었다.

구직센터에 문의했더니 마침 연구소에 청소 자리가 나왔다고 이력서를 내보라고 했다. 찬밥 더운밥 가릴 때가 아니었기에 나는 청소를 시작했다. 누가 그랬던가? '청소하면서 마음을 닦는다'라고, 나는 새벽 일찍 나가 청소를 하며 마음을 닦고 또 닦았다.

나는 누구보다도 행복한 삶을 살고 싶었다. 여유 가득한 마음으로 아름다운 저녁노을을 바라보며 충만함을 느끼고 싶었고, 가만히 있어도 잔잔하게 불어오는 달큼한 바람 냄새에 행복을 느끼고 싶었다.

결국 이런 모습을 보려고 7년이라는 세월 동안 마음공부를 한 것인가? 힘들 때마다 이것저것 많은 책을 읽고, 어떻게 사는 것이 행복하게 잘 사는 것인지 찾기 위해 고군분투한 것이 이런 결과인가? 나는 나에게 수없이 묻고 또 물었다.

이제는 돈도 없이 모든 것을 내려놓고 살아야 하는 나는 이왕 이렇게 된 거 하고 싶은 일을 하자고 생각했다. 그리고 내가 정말 원하는 삶이 무엇인지, 무엇을 할 때 행복한지, 진짜 하고 싶은 일이 무엇인지, 답이 나올 때까지 노트에 계속 써나갔다. 어떤 말을 썼는지 알아보기 힘들 정도로 아무렇게 휘갈겨 쓴 것도 있었고, 내가 진짜 이런 생각을 했었나 할 정도로 의아한 글도 쓰여 있었다.

그러던 어느 날이다. 평소에 즐겨보던 유튜브가 있어 시청을 다 하고 나가려던 찰나에 한 영상이 눈에 들어왔다. '라엘 - 영성 마음성장'이라는 채널로 '김도사'라는 분이 영성에 관해 이야기하다가 맨 마지막에 책 소개를 하는데, 책을 좋아했던 나는 구입하려고 보니 절판된 도서였다. 그 책을 사려면 '한국책쓰기강사협회(이하 '한책협')'이라는 카페에 가입해서 구입해야 한다고 했다. 그 절판된 도서를 꼭 읽어보고 싶은 마음에 나는 '한책협'에 가입했다.

카페를 보니 책을 쓰는 곳이었다. 신기했다. '이런 카페도 있구나' 하고 별생각 없이 책 주문만 했었다. 그러다가 평소에도 영성에 관심이 많았던 나는 김도사 님의 유튜브 영상을 유심히 보게 되었다. 김도사 님은 내가 그동안 마음공부를 하면서 궁금했던 내용을 시원하게 설명해주셨다. '이분 뭐지? 뭐 하시는 분인데 영성에 관해 잘 알고 계신 걸까?' 궁금했다. 알고 보니 책을 써서 자수성가한 200억 원대 자산가였다. 김도사 님이 쓰신 '성공해서 책을 쓰는 것이 아니라 책을 써야 성공한다'라는 문장을 보았을 때는 굉장히 충격을 받았다.

나는 그동안 성공한 사람들만 책을 쓰는 줄 알았다. 왜냐면 성공해야 그 성공 노하우를 알려줄 수 있을 것 같았기 때문이다. 성공하지 못한 사람이 어떻게 책을 쓸 수 있다는 걸까? 김도사 님의 책을 읽어보기로 했다. 《150억 부자의 부의 추월차선》이라는 책을 읽어보고 나는 정말 깜짝 놀랐다. '왜 이런 분을 몰랐을까?' 싶었다. 책 속에는 본인의 전화번호와 함께 성공하고 싶으면 찾아오라며, 목숨을 다해서 코칭을 해준다는 글이 적혀 있었다.

마음이 너무 편해지면서 끌렸다. 일단 상담 신청을 하기로 했다. 성공자를 직접 만나고 싶었던 이유도 있었다. 그동안 성공자의 책은 많이 읽었지만 만난 적은 한 번도 없었기 때문이다. 그리고 그분도 나처럼 생활이 어려웠고 힘든 삶을 거쳐 자수성가했기에 가난한 사람들의 마음을 잘 알 것 같았다.

김도사 님은 1,200명의 작가를 배출했고 250권의 책을 냈으며 글쓰기 특허가 2개나 있으셨다. 내가 이렇게까지 상담 전에 '김도사'에 대한 정보를 유심히 보았던 것은 유튜브로 인해 사기를 많이 당해 마음이 너무 힘들었기 때문이다. 정말 좀처럼 믿을 수가 없는 세상이 되어버렸다.

사전 답사를 마치고 용기를 내서 김도사 님을 만났다. 책을 쓰고 싶은 마음은 있었지만 두려움도 있었기에 용기가 필요했다. 나의 상황을 말씀드렸다. 김도사 님은 평범한 사람이 살아오면서 실패했던 경험, 좋았던 경험이나 그런 삶의 애환을 책으로 써서 다른 사람들과 공유한다면 어느 누군가한테는 위로와 희망이 되고 동기부여도 되니 인생 스토리를 써보라고 하셨다.

집으로 내려오는 내내 많은 생각이 교차했다. '내가 무슨 자격으로 책을 쓴다는 건가?', '사고뭉치 엄마를 자식들은 어떻게 볼까?' 고민을 하던 중, 자식들한테 못다 한 이야기도 있고 엄마와 같은 실수를 하지 않게 너희들은 조심하라고 할 수도 있고, 결혼하고 자식 키울 때 필요한 조언 등을 책으로 써서 준다면 좋을 것 같았다.

내 책을 읽고 한 사람이라도 희망을 얻고 삶을 살아간다면 이보다 더 좋은 일은 없을 것 같았다. 이것이 나에게 온 마지막 기회라는 것을 확실히 알게 된 것은 얼마 지나지 않아서다. 그날도 여느 때처럼 노트에 글을 쓰면서 나에게 묻는 시간을 가졌다.

그러다 과거에 쓴 글을 살펴보았는데, '하고 싶은 것? 되고 싶은 것? 가고 싶은 곳?'이라는 질문 란에 내가 '한책협'에 가입하기 전에 이미 '책을 쓰고 싶다'라고 쓴 것이다. 그 글을 본 순간, 가슴이 뛰기 시작했다. 그렇게 나는 책을 쓸 용기를 냈다.

이렇게 나는 인생의 벼랑 끝에서 너무나 소중한 귀인을 만나게 되었다. 여러분도 계속 찾길 바란다. 찾으면 온다는 것을 믿기를 바란다.

생각하는 대로 삶이 지나간다

　'생각대로 살지 않으면 사는 대로 생각하게 된다'라는 말을 누구나 한 번쯤은 들어봤을 것이다. 나 또한 이 문장을 보면서 참 많은 생각이 교차했다. 내가 평소에 어떤 생각을 가지고 사는지에 따라 삶의 방향이 달라지기도 한다는 것을 깨달았기 때문이다. 여기서 생각은 긍정적인 것보다는 나도 모르는 사이 대부분 부정적인 생각에 사로잡힐 때가 더 많았다. 그리고 뒤늦게 '내가 지금 무슨 생각을 하는 거야! 아휴, 미쳤어, 말도 안 돼'라고 하면서 나 자신을 나무라기도 하고 달래기도 했다. 하지만 그때뿐이고, 또다시 부정적인 생각이 떠오를 때가 많았다. 나는 생각을 통해 무엇인가를 선택하고 결정하는 일이 무척이나 중요하다는 것을 알게 되었다.

　40대 초반의 일이다. 아이를 낳고 집에서 살림만 하다가 직장 생활로 돈을 벌게 되면서 자연스럽게 직장 동료들과 지인들이 생겼다.

돈을 벌어보니 너무 좋았던 탓인지 지인이 좋은 투자 건이 있다며 설명하기 시작했다.

세상 물정 몰랐던 나는 지인 말만 믿고 남편 몰래 대출을 받아 투자를 하고 말았다. 그런데 거액을 투자하고 난 다음 날부터 불안하기 시작했다. 있는 돈이 아닌 대출을 받아서 투자했기 때문에 더 불안했었던 것 같다. 지인은 안심하라며 곧 좋은 소식이 있을 거라고 달랬지만 불안한 마음은 점점 더 커져만 갔다. 돈이 불어서 쌓이는 생각보다는 '이 돈을 잃으면 어쩌지' 하는 생각이 더 커져서 급기야는 안 좋은 상황까지 가는 스토리를 상상하며 만들어내고 있었다.

이러한 부정적인 생각에 한번 사로잡히면 빠져나오고 싶어도 잘 안된다. 어서 빨리 해결이 잘되어 내 돈이 들어오면 그제야 한숨을 쉬며 '다시는 마음 졸이는 일에 투자하지 말아야지' 하고 가슴을 쓸어내린다. 돈 문제는 더 그런 것 같다.

나는 내가 상상한 대로 보기 좋게 2년 후에 투자한 돈을 다 잃고 말았다. 소개해준 지인을 원망도 해봤지만 소용없는 일이었다. 지인도 같이 잃은 마당에 미워하고 원망한들 그 돈이 다시 돌아올 리 없었다. 덕분에 그 지인과는 앙숙이 되어버렸다. 그렇게 돈을 잃고 부정적인 생각으로 하루하루 생활이 엉망진창이 되었다.

그래서인지 나는 점점 내 몸이 굳어가는 것을 느꼈다. 그때는 몰랐다. 내 안에 너무 큰 화가 자리를 잡고 있었다는 것을. 돈을 잃은 분노와 상실감은 화가 되어 내 몸에 펴졌다. 급기야는 걸을 수 없는 지경이 되어 한방병원에 입원해 한 달간 치료를 받게 되었다. 누가 알았겠는가? 이 일을 계기로 앞으로 10년 동안 일어날 일들을….

물론 좋은 생각으로 인한 추억도 있었다. 허리가 아파 병원에 입원했을 때다. 걱정되어서 병문안 온 친구를 보니 몸은 아팠지만, 입가에는 나도 모르게 미소가 번졌다. 그리고 나는 잠시나마 추억 여행을 했다. 이 친구를 알게 된 것은 17살에 전자부품을 만드는 회사에 근무했을 때였다. 우리는 낮에는 일하고 저녁에는 학교에 가서 같이 공부했다.

우리는 서로 마음이 잘 맞았다. 친구네 집에 가면 친구 어머니께서 손수 밥도 차려주시고 맛있게 밥을 잘 먹는 내가 예쁘다며 칭찬해주시곤 했다. 아마도 친구 입맛이 까다로워서 그랬던 것 같다. 우리는 그 후 졸업하고 각자 사회로 나가 열심히 생활했다.

어느 날, 친구에게 돈을 빌려달라는 전화가 왔다. 적은 돈이 아니었기에 어디에 쓸 건지 묻지 않을 수가 없었다. 하지만 친구는 곧 갚겠다며 묻지 말라고 했다.

나는 친구를 믿고 돈을 빌려주었다. 그리고 친구도 나도 정신없이 바쁘게 지내는 바람에 빌려준 돈을 잊고 있었다. 어느 날, 다른 친구 한테 이 친구가 연락이 안 되고 잠적했다는 소식을 듣게 되었다. 더 군다나 나뿐만 아니라 여러 명한테서 돈을 빌렸다고 한다. 나는 순간 친구가 괘씸했지만 걱정되는 마음이 더 컸다.

왜냐하면 우리는 3년 동안 단짝처럼 지내며 아픔도 기쁨도 같이 나눈 사이기도 했고, 서로 비슷한 부분이 많았기 때문이다. 아버지 가 안 계신 것도 비슷했고 삶을 지향하는 가치관도 비슷했다. 이런 친구가 잠적했다면서 아마도 빌려준 돈을 받기는 힘들 거라고 다른 친구들이 입을 모아 말할 때도 나는 친구를 믿었다. '때가 되면 연락 하겠지' 하고 긍정적으로 생각하고 있었다. 오히려 잘 살기만을 바 랐던 것 같다.

그러던 몇 년이 지난 어느 날, 길에서 우연히 친구 어머니를 만났 다. 나는 반가운 마음에 인사를 건넸고 친구 소식을 여쭈어보았다. 친구는 타 지역에서 결혼해 아이를 낳고 살고 있다는 것이다. 아이 를 낳았다는 말에 나는 무척 놀라기도 했고 내게 말없이 떠난 친구 에게 서운한 마음도 들었다. 연락처를 물어볼까 하다가 그만두었다. 연락이 없는 것은 말 못 할 사정이 있을 거라는 생각에 어머니께 안 부 인사만 전해달라고 하고 헤어졌다.

그러고 며칠 후, 친구 어머니께서 전화하시더니 나를 혼내셨다. 왜 지난번에 만났을 때 친구한테 빌려준 돈 이야기를 하지 않았느냐고 말이다. 딸하고 통화하다가 나를 만난 이야기를 했더니 친구가 내게 빌린 돈 이야기를 해서 알았다는 것이다.

친구는 아이를 낳으면서 돈이 필요했고 사는 게 여의치 못하니 내게 미안해서 연락을 못 했다고 한다. 덕분에 친구 어머니께서 이자까지 더해서 딸 대신 돈을 갚아주셨다. 그때 내가 친구를 미워하고 원망하면서 계속 빌려간 돈만 생각했다면 어땠을까? 만약 그렇게 되었다면 지금과 같은 친구와의 소중한 추억 여행은 할 수 없었을지도 모른다.

'생각을 잡지 않으면 생각에 잡힌다'라는 말이 있다. 삶을 살면서 우리는 생각이라는 단어를 곰곰이 생각해볼 필요가 있는 것 같다. 부정적으로 극한의 상황까지 가게 되면 우리는 생각에 잡히는 경우가 종종 있다. 그리고 본인이 그런 생각을 해서 사건이 벌어졌다기보다는 그 사건으로 인해 본인이 그런 생각을 했다고 믿는다. 어떤 사건이 벌어지면 우리는 먼저 침착하게 생각해야 한다. 그래야 사건을 해결할 실마리를 찾을 수가 있다. 나는 내가 부정적인 생각으로 삶을 살아왔다는 것을 알게 된 후에는 긍정적으로 생각을 바꾸려는 연습을 많이 해왔다. 주변에서 지인이 나와 비슷한 상황을 겪는 것을 볼 때마다 마음이 너무 안타까웠기 때문이다.

하지만 이것은 누가 말한다고 될 일이 아닌 것 같았다. 그만큼 생각은 수렁에 빠지고 나서야 알게 된다. 얼마 전 일이다. 평소에 자주 연락하는 후배가 자기 언니 이야기를 하면서 속상하다고 했다. 후배가 내게 언니 이야기를 자주 해서인지 마치 내가 언니네 상황을 다 알고 있는 것처럼 눈앞에 그림이 펼쳐지곤 했다. 이야기를 들어보면 나하고 상황이 비슷한 경우가 많았다. 이대로 가다가는 안 좋은 상황이 될 것 같았다. 후배 언니가 너무 부정적인 생각에 사로잡혀서 불만 불평이 너무 심하다 보니 가정이 흔들릴 것 같았다.

그런 상황에서는 상대방보다는 내 생각이 우선이기 때문에 상대방한테 절대 굽히지 않게 된다. 그렇게 되면 상대방은 지친다. 우리는 자기 생각이 소중한 만큼 상대방 생각도 소중함을 알아야 한다. 결국 후배는 형부가 집을 나가버리고 따로 별거 생활을 하고 있다는 안타까운 소식을 내게 전했다.

우리는 스스로가 어떤 생각을 하면서 살아가고 있는지 모르는 경우가 많다. 정말 삶은 생각하는 대로 지나간다. 자신이 부정적인 생각을 하면서 살고 있는지, 아니면 긍정적인 생각으로 삶을 살고 있는지 한 번쯤은 곰곰이 생각해볼 필요가 있다. 우리가 어떤 생각으로 사는지에 따라 삶의 방향이 행복과 불행으로 갈리기 때문이다.

거절할 용기도 필요하다

우리는 삶을 살아가면서 다른 사람의 부탁을 거절하지 못해서 스트레스를 받는 경우가 많다. 또는 다른 사람이 베푸는 호의가 달갑지 않은데도 상대방이 무안해할까 봐, 그리고 좋은 게 좋은 거라며 불편함을 감수하고 받는 경우도 있다. 내 기분보다는 상대방의 기분에 맞춰진 탓이다. 거절하면 나를 싫어할 수도 있다고 생각하거나 불편한 사이가 될 수도 있다고 여기기 때문이다. 나는 거절을 배우지 못해 어린 시절부터 내 삶이 아닌 다른 사람의 삶을 살았다.

초등학교 때의 일이다. 내가 살던 시골은 인심이 좋은 8개의 마을로 이루어져 있다. 학교가 끝나면 으레 친구 집으로 가서 종일 놀기도 하고 숙제도 하곤 했다. 하루는 건넛마을에 사는 친구 집으로 놀러갔다. 친구 어머니께서 내게 저녁을 먹고 가라며 진수성찬을 차려주셨다. 우리 집에는 없는 반찬들이 정말 많았다. 내가 맛있게 먹을 때마다 어머니는 "아이구, 은겸이는 밥도 맛있게 잘 먹네! 나중에 크면 잘살겠다. 예쁘다, 예뻐" 하시며 칭찬하셨다. 나는 진짜 잘 먹는 애였다. 맛있게 먹는다는 소리는 어릴 때부터 많이 들었던 것 같다.

친구 어머니의 칭찬이 좋았는지 나는 더 맛있게 먹는 바람에 어머니께서는 항상 갈 때마다 밥 두 공기를 의무적으로 주셨다. 거기다 잘 먹어서 예쁘다는 소리는 빼먹지 않으셨다. 나는 배가 부른데도 꾸역꾸역 힘들게 먹는 일이 많았다. 한 번도 그만 먹겠다는 거절을 하지 못했다.

이것은 고등학생이 되어서도 변하지 않았다. 친구 집 가서 밥을 먹으며 더 주는 밥양을 거절하지 못하는 일이 매번 반복되었다. 초등학교 때와 달리 거절할 수도 있었지만, 용기가 나지 않았다. 어머니께서 맛있게 음식을 만들어주셨는데, 그만 먹겠다고 하면 서운해 하실 것 같았고, 또 친구랑 불편한 사이가 되고 싶지 않아 거절을 못했던 것 같다. 그 후로도 나는 계속해서 거절을 못 해 혼자 기분이 다운되고 불편한 일들이 많았다.

내가 더욱 힘들었던 시기는 사회생활을 하고부터다. 나는 장애가 있다 보니 더 거절하지 못했다. 거절하면 안 그래도 장애가 있는 나를 더 싫어할까 봐 두려운 마음이 컸다. 어떻게든 사람들 비위를 맞추며 친하게 어울리는 것이 내가 살아남는 길이라 생각했다. 거절을 못 해서 오는 불편한 마음은 혼자 삭여야 하는 당연한 숙제 같았다.

　지금은 돌아가시고 안 계신 시부모님을 모시고 산 것이 내 인생에 최고로 잘한 일이 되었지만, 그때는 정말 할 수만 있다면 거절하고 싶을 정도로 두려운 일이기도 했다. 결혼하고 처음 2년은 시부모님과 같이 살았다. 23살 나이에 일찍 결혼했기에 나도 남편도 큰돈이 없었다. 시부모님 도움이 필요했다. 들어가서 2년을 살고 돈을 모아서 분가했다.

　때마침 큰아주버님이 대전으로 직장을 옮기셨기에 적적하신 시부모님을 큰형님이 모시게 되었다. 하지만 3년이 지난 어느 날, 큰형님은 도저히 시부모님을 못 모시겠다고 하시며 마음이 지옥이라고 내게 모셔달라고 부탁했다. 동서는 같이 살아봤으니 지옥은 아닐 거라고 말이다. 나는 정말 눈앞이 캄캄했다. 왜냐면 나도 같이 살아봤기에 쉬운 일이 아님을 알았기 때문이다. 만일 그때 거절을 했다면 내 마음이 살면서 조금은 덜 아팠을까. 거절을 못 해 마음이 아팠어도 지금은 부모님을 모신 것이 그나마 잘한 일이라 생각한다.

　내가 거절을 배우게 된 것은 불과 몇 년도 안 된다. 다른 사람의 삶보다 내 삶이 더 중요하다는 것을 알고 나서다. 상대방의 기분보다 내 기분을 더 살피고 나서다. 물론 한 번에 바꾸는 것은 쉽지 않다. 가슴은 거절하라고 속삭이고 머리는 거절하면 큰일 난다고 말하며 두 마음이 서로 싸운 적도 참 많았다. 하지만 거절을 못 해 받는 스트레스에 비하면 오히려 거절한 마음이 한층 더 편했다. 그 후부터는 거절을 잘하게 되었다.

저녁에 나오라는 친구들의 성화에도 나는 정중하게 거절했고, 맛있는 거 사 가지고 우리 집에 온다고 할 때도 내가 불편할 때는 오지 말라고 거절했다. 처음이 어렵지, 그다음부터는 자연스럽게 웃으며 상대방 기분 나쁘지 않게 거절할 수 있다.

거절을 두려워하지 말자. 거절은 나를 사랑하는 첫걸음이다. 오히려 거절을 잘하는 사람이 상대방의 생각에 잘 공감해주고 존중해준다는 것을 알았다. 거절하면 본인의 마음이 한결 편해지고 스트레스를 받는 일이 없다 보니 다른 사람이 거절해도 똑같은 마음일 거라고 생각하면서 존중해주는 것이다.

몇 년 전의 일이다. 인테리어필름 기술을 배워 현장에서 프리랜서로 일할 때다. 일하다 보면 사장님들이 여기저기서 커피를 마시라며 의무적으로 건네신다. 현장에 있는 많은 사람들이 사장님이 주는 커피를 마시지도 않으면서 그냥 받아만 놓거나 버리기 일쑤였다.

내가 한번은 왜 먹지도 않는 커피를 주는 것을 받냐고 물으니 그냥 거절하기 뭐하니 예의상 받아준다는 것이다. 주인이 없는 커피는 그렇게 바닥으로 버려지거나 쓰레기통으로 들어갔다. 그것을 본 나는 아까웠다. 한마디 거절만 하면 그 많은 커피가 바닥이나 쓰레기통으로 들어가는 일이 없을 텐데 말이다.

안 되겠다 싶어서 고민했다. 그리고 행동했다. 나는 먼저 커피타임이 되면 사람 수대로 무조건 커피 타는 것을 막고 커피 먹을 사람만 손을 들라고 했다. 그랬더니 반 이상이 손을 안 들고 거절 의사를 표현했다. 그 후로는 바닥이나 쓰레기통으로 버려지는 커피를 막을 수 있게 되었다.

현장에서 일하면서 사람들의 마음을 엿볼 수 있는 일들이 많았다. 특히 어떤 상황에서는 거의 내 기준이 아닌 다른 사람의 기준으로 움직인다는 것을 알았다. 한번은 점심시간이 되어 식당으로 들어가서 음식을 주문하는데 필름 사장님께서 각자 먹고 싶은 것을 시키라고 했는데도 다들 가격이 저렴한 음식으로, 그것도 8명 모두 같은 음식으로 통일한 것이다.

나는 거절을 했다. 내가 먹고 싶은 음식이 아니었고 가격도 마음에 들지 않았다. 왜냐면 현장에서 일하는 사람들에게 점심은 오후에 일하는 힘이기 때문이다. 어설픈 음식을 먹었다가는 기분도 다운되고 일할 맛도 안 날 수 있다. 이런 일은 현장에서 일하는 사람이라면 누구나 다 알 것이다. 그런데도 누구 하나 본인의 의사 표시를 못 한다. 당당하게 먹고 싶은 메뉴를 고르는 사람이 거의 없었다.

나는 "사장님, 저는 갈비탕이요. 오후에 힘 좀 써야 하니 든든한 갈비탕이 먹고 싶네요." 다들 대리만족한 표정으로 나를 바라보았다. 그러고는 다들 갈비탕으로 메뉴를 바꾸었다. 자기네들이 못하는 표현을 내가 하니 엄지손을 치켜세웠다. 어떤 분은 내게 와서 멋지다고까지 하며 내가 가는 현장마다 따라다녀야겠다고 농담까지 했다. 그래서 나는 지나가는 말로 말했다. "다른 사람의 기준보다 내 기준이 먼저 아닐까요?" 그분은 알았을까. 나도 예전에는 거절을 못해서 내 삶보다는 다른 사람의 삶을 살았다는 것을….

물론 거절을 못 해서 종일 기분이 안 좋을 때도 있었다. 예를 들면 '좋은 일이 있을 때 누가 한턱내라' 할 때 가슴에서는 하고 싶지 않은데 거절을 못해서 한턱내고 나면 베풀었는데도 불구하고 기분이 영 좋지 않았다. 내 마음에서 우러나지 않고 남이 시켜서 하는 일이었기 때문이다. 이것은 이기적인 마음이 아닌 내가 먼저인 마음이다. 또는 내 자금 사정이 어려운데도 그런 모습을 다른 사람들한테 보이는 게 싫어서 거절을 못 하고 내가 베푸는 행위다. 자신의 재정 상황이 어렵게 되었다면 분명히 거절할 필요가 있다.

내면의 소리를 들어야 한다. 거절을 못 해서 많은 사람들이 스트레스를 받는 것은 자신의 삶보다 다른 사람의 삶을 더 존중하기 때문이 아닐까 생각한다. 그래도 요즘 젊은 사람들은 어느 정도 거절을 하는 것 같다. 분명한 의사표현을 하는 것을 종종 보곤 한다. 내 딸과 아들만 봐도 그렇다. 싫은 건 싫다고 하고, 좋은 건 좋다고 하니 우리 사회가 밝아지고 있다는 생각이 든다. 나이 많은 엄마, 아빠인 우리도 할 수 있다. 용기만 있으면 된다.

혼자 행복해질 수는 없다

오래전 일이다. 배우 김수미 씨가 김혜자 씨와의 일화를 이야기한 TV 토크쇼를 보고 크게 감동받은 적이 있었다. 내용은 이렇다. 급발진 사고로 시어머니가 김수미 씨의 차에 치여 돌아가시게 된 후 우울증이 생겨 무척 힘든 생활을 했다는 이야기다.

김수미 씨는 3년 동안이나 집에만 있고 밖으로 나오지 않았다고 한다. 먹지도 않고 씻지도 않고 창문에 걸쳐 언제 떨어져 죽어도 이상하지 않을 정도로 힘들었던 때라고 한다. 그녀는 모아놓은 돈도 다 써버리고 배우 생활을 못 하니 들어오는 수입마저 없어서 궁핍한 생활을 이어가며 주변 지인들한테 돈을 빌리기 시작했다. 하지만 빌리는 것도 한계가 있었고 더는 빌려주는 친구도 없었다고 한다. 그때 김혜자 씨가 어디서 들었는지 사정이 딱한 걸 알고는 김수미 씨를 찾아왔다.

그러고는 서운하다며 왜 나한테는 빌려달라는 말을 하지 않았냐고 나무랐다고 한다. "내가 다음 달 아프리카에 갈 일이 있었는데 여기가 아프리카네" 그러면서 통장을 주면서 안 갚아도 되니까 힘내라고 했다는 것이다. 아마도 통장에 들어 있는 돈은 1억 원이 넘은 것 같았다.

그 돈으로 김수미 씨는 다시 재기할 수 있었다고 한다. 만약 입장 바뀌서 그때 자기가 김혜자 씨라면 그렇게 못했을 거라는 솔직한 이야기도 했다. 나는 이 이야기를 들었을 때 눈물 날만큼 감동했다. 김혜자 씨는 사람은 혼자 행복해질 수 없다는 것을 너무나 잘 알고 있는 사람 같았다. 그 후로 나는 김혜자 씨를 무척 좋아하게 되었다. 마음이 너무나 따뜻한 사람이라는 것을 알았기 때문이다.

우리는 행복한 삶을 살기를 원한다. 그리고 행복한 삶으로 다른 사람을 위해 봉사하는 삶을 살기도 한다. 40대 초반의 일이다. 몸이 굳어져 걷지를 못해 한방병원에 입원해 검사해보니 디스크가 허리 신경부터 다리로 가는 신경까지 눌러 다리 통증과 함께 못 걷는 상황이 되었다. 허리는 수술하면 안 좋다는 말에 한방병원에서 치료하기로 했다. 그때 카카오스토리에 내 입원 상황을 올린 적이 있었다.

어떤 분이 내 사연을 보고는 지인분께 연락해 치료에 도움이 되어주겠다고 했다. 나는 잘 알지 못하고 얼굴도 모르는 분이 도와주겠다고 하니 조금 망설였지만, 빨리 나아서 다시 직장으로 돌아가야 했기에 믿고 남편의 도움을 받아 그분이 있는 대구로 내려갔다. 나 말고도 이미 많은 사람이 모여 있어서 많이 놀랐다. '무슨 운동이길 래 이렇게 사람들이 많을까?' 궁금했다.

태극권 참장이라는 운동이었다. 이 운동은 몸에 여러 가지 이상이 생겼을 때 꾸준히 하면 정말 효과가 좋다고 했다. 얼핏 보기에는 단 순하면서도 쉬워 보였는데 막상 해보니 정지 자세로 가만히 있어야 하는 것이 무척 힘들었다.

나는 허리와 다리 통증까지 겹쳐서 배우는 데 무척 힘들었다. 그 분은 그런 만큼 정말 세심하게 한 동작, 한 동작 신경을 써주면서 2 시간가량 가르쳐주셨다. 남편도 같이 배우고 돌아와 꾸준히 운동하 면서 아픈 몸을 건강하게 하는 데 일조했다. 나중에 알고 보니 이 운 동법이 고가였다는 것이다. 그런데도 그분은 한 푼도 받지 않고 그 많은 사람을 봉사로 도와주었다. 아픈 사람들이 이 운동으로 건강해 진 모습을 보면 그것이 그분한테는 행복이라고 했다.

그분은 내게 이 운동법을 잘 배우게 되면 나중에 나 역시 다른 사 람을 봉사하는 마음으로 가르쳐주라고 당부했다. 분명 행복해지는 마음이 생길 거라고 했다. 그분은 본업이 경찰이라고 했다. 경찰 생 활을 하면서 태극권 참장을 배워 자격증까지 취득했다고 한다. 태극권 참장을 돈을 받고 가르쳐줄 수 있지만, 아픈 사람들을 무료로 가르쳐주고 얻는 기쁨이 더 크다는 것을 알게 되었다고 했다.

그분의 말을 듣고 나도 당연히 그렇게 하겠다고 했다. 일면도 없는 분이 그렇게 다른 사람의 아픈 마음까지 챙기면서 아무런 조건 없이 베푸는 게 행복하다는 것을 보면서 따뜻함을 느꼈다. 나도 그분처럼 언젠가는 남을 조건 없이 도울 때 오는 행복감을 진심으로 느껴보고 싶었다.

'행복'이라는 글자를 생각하면 떠오르는 친구가 있다. 내게는 언제든 나오라고 하면 나오는 친구가 둘 있다. 우리 셋은 마음이 너무 잘 맞는다. 나는 청각장애가 있기 때문에 3명까지는 얼굴을 보며 어느 정도 알아들을 수 있지만, 4명 이상 되면 알아듣기 힘들다. 입 모양을 보면서 들어야 하는 내게 4명은 눈 움직임이 너무 힘들고 바쁘다. 그러니 나는 3명이 딱 좋다. 다행히 이 친구들은 나를 배려하면서 이야기를 해준다. 우리는 속에 있는 이야기를 해도 말이 나오지 않을까 하고 염려하지 않는다. 슬픈 일이 있을 때도 기쁜 일이 있을 때도 늘 같이 웃고 운다. 내가 이 친구들과 허물없이 지내게 된 데는 나를 있는 그대로 오픈하고부터다.

사회에서 만난 친구들이기 때문에 나를 오픈한다는 것이 쉬운 일은 아니었다. 나는 내가 아닌 다른 사람인 것처럼 꾸며 친구를 만나왔다는 것을 알게 되었다. 돈이 없는 데도 있는 척하느라 힘들었고, 현장에서 일하는 게 힘든데도 힘들지 않은 척하느라 힘들었다.

사기를 당했을 때도 바보 같은 내 모습을 보이는 게 너무 싫었고, 남편이 집을 나가고 없는 데도 있는 척하느라 힘들었다. 언제나 난 척만 하느라 친구들과 같이 있을 때도 마음이 편하지 않았다. 나는 나를 포장하느라 바빴다.

아마도 자존심 때문인 것 같았다. 못난 내 모습을 보이는 게 비참하다고 생각한 것 같다. 하지만 모든 게 다 무너진 날 나는 한참을 울고 난 뒤, 이 두 친구가 너무 보고 싶은 마음에 무작정 전화를 걸어 한참을 울었다. 바보 같은 내 모습을 다 오픈했다. 감추고 포장한다고 내 마음이 편한 것이 아니라 오히려 친구들과 거리감이 생기고 나 자신이 초라해지는 것을 알게 되었다고 솔직한 마음을 이야기했다. 그리고 우리 셋은 한참을 또 그렇게 울었다. 그동안 얼마나 힘들었냐며 바보같이 왜 혼자 마음고생 했냐며 울고 또 울었다.

그 후로 우리는 시간이 날 때마다 만나서 이런저런 이야기를 몇 시간이고 한다. 어떻게 사는 것이 진정으로 행복한 삶인지 진지하게 논할 때도 있고, 다 내려놓고 마음 편하게 욕심부리지 않고 하루하루 최선을 다해서 사는 것이 행복이라는 이야기도 한다. 또는 노부모님들의 애환 이야기, 자식들의 앞날 이야기, 사회적인 이슈 이야기, 반려견 이야기 등 다양하게 이야기한다. 좋은 일이 있을 때는 더더욱 만나서 축하해주고, 안 좋은 일은 서로 위로해주는 그런 친구가 되었다.

행복도 불행도 같이 나누는 누군가가 있다는 것은 축복이 아닐까 생각한다. 이런 친구들을 볼 때마다 혼자 행복해진다는 것은 정말 아무 의미가 없을뿐더러 있을 수도 없다는 것을 다시금 깨닫게 된다. 내가 소중하면 다른 사람도 소중하듯이 우리는 서로 소중한 존재들이다. 타인과의 삶도 함께 조화를 이룰 때 진정으로 행복한 삶이 될 거라고 믿는다.

"언니, 뭐 하고 있었어?"

"나? 책 읽고 있었지."

"아이고, 책쟁이 아니랄까 봐, 또 책 읽어? 언니답네! 언니다워."

"호호호."

"언니 다음 주에 우리 만나자 내가 맛있는 거 사줄게. 응?"

"이이고, 됐어. 내가 살게. 너만 맨날 사면 내가 부담이지, 언니가 돼서."

"아니야. 나 돈 많아. 내가 사주고 싶어서 그래. 그리고 알지? 난 언니 만나서 이야기하면 활력이 넘친다는 거. 그냥 힐링이 돼서 좋아."

10년 동안 알고 지낸 예전 직장 동료 후배가 전화해서는 대뜸 만나자고 한다. 지난달에도 만나 맛있는 거 얻어먹었는데 미안한 마음과 행복한 마음이 겹친다. 이 후배는 싹싹하다는 말을 많이 듣는다. 워낙 상냥하고 붙임성이 좋아서 누구나 다들 이 후배를 좋아했다. 이런 후배가 나랑 이야기할 때면 늘 힘이 넘친다고 좋아한다. 그러고는 꼭 생일이면 명절이면 늘 따뜻한 마음을 보내온다.

나도 누군가한테 힐링이 되고 행복을 줄 수 있는 존재라는 것을 이 후배를 통해서 알게 된다. 내가 어떤 사람이든 어떤 위치에 있든 한결같이 옆에서 응원해주는 후배에게 고맙다는 말을 이 지면을 통해서 전하고 싶다.

돌아보니 나는 주변 사람들로 인해 참 행복한 사람이다. 이 행복을 나는 소중히 이어갈 것이다. 한때는 혼자 얼마든지 행복할 수 있다고 자만한 적이 있었다. 하지만 우리는 더불어 살아가는 존재이니 혼자 행복해질 수 없다. 이 사실을 알기까지 조금 오래 걸렸다.

내가 확실히 아는 것들

언젠가 오프라 윈프리의 《내가 확실히 아는 것들》을 읽다가 아주 흥미로운 점을 발견했다. 오프라 쇼에서 7명의 남자를 인터뷰한 적이 있는데, 나이와 직업이 다양한 그들에게 한 가지 공통점이 있다면, 바로 아내를 두고 바람을 피웠다는 점이다. 오프라는 그 인터뷰를 통해서 지금까지 경험했던 중에서 가장 흥미롭고 솔직한 대화를 나누었고, 각성의 순간을 맛보았다고 한다.

대화하다 보면 많은 사람이 '나는 정말 괜찮다'라는 것을 확인받기 위해 바람을 피운다는 것이다. 자신은 과거에 여성의 유혹을 물리칠 수 있는 도덕적 가치관을 따르고 있었다는 남성은 인터뷰에서 자신의 내연녀에게 특별히 대단한 것이 있는 것은 아니라고 했다. "하지만 그 사람은 내 말을 들어주고, 내게 흥미를 보였고, 무엇보다 내가 특별한 사람인 것처럼 느끼게 해주었습니다"라는 남성의 말을 듣고 오프라 윈프리는 '그래, 바로 이거야'라고 속으로 외쳤다고 한다.

그리고 우리는 모두 다른 누군가에게 특별한 존재인 것처럼 느끼고 싶은 것이라는 깨달음을 얻었다고 했다. 자신 역시 지나온 삶을 돌이켜보았을 때, 다른 사람에게 사랑받고 싶어서 몸부림치던 시절이 있었다고 이야기한다.

상대에게 사랑을 받고 싶은 욕구는 대부분 어린 시절 부모님이나 가족들에게 사랑을 받지 못한 사람들에게서 많이 나타난다고 한다. 나는 책을 읽으면서 많은 공감과 위로를 받았다. 나 역시도 자라온 환경이 사랑보다는 미움, 원망, 분노, 그런 것들만 가슴에 새기면서 자랐다. 그러다 보니 외로움이 컸다. 누군가에게 나의 이 외로움을 위로받고 사랑의 힘을 얻고 싶었다.

하지만 그러면 그럴수록 외로움은 점점 더 커져만 갔고, 나는 아무런 가치 없는 사람이라는 절망 속으로 내려가기만 했다. 하지만 나는 오랜 세월이 흐른 뒤에야 확실히 알게 되었다. 그렇게 받고 싶었던 사랑은 다른 누군가가 아닌 오로지 내가 나에게 줄 때만 가능하다는 것을 말이다.

자기 사랑이다. 가치 있는 존재인 나를 외면하고 다른 누군가한테 구하는 사랑은 얻을 수 없다. 그것은 배우자인 남편도 마찬가지다.

나는 이제 내가 세상에서 가장 소중한 존재라는 것을 알게 되었고, 딸과 아들에게도 사랑을 표현할 때 그렇게 말했다.

"너는 세상에서 가장 소중하고 특별한 존재야."

내가 나의 존재를 알게 되고 사랑할 때, 비로소 외로움은 사라졌다. 어릴 때 누구에게도 받지 못한 사랑을 나는 내게 주기 시작했다. 그러자 삶을 바라보는 관점이 달라지기 시작했다. 올바르게 잘 살아보고 싶은 욕망이 생겼다. 모두에게 사랑받고 싶었던 인정 욕구에서 벗어나 내면을 향해 속삭였다.

"나에게는 네가 먼저야. 은겸아! 내가 언제까지나 네 옆에 있어줄게. 사랑해!"

삶의 모든 출발점은 '자기 사랑'이다. 오프라 윈프리 역시 자신이 가치 있는 존재라는 것을 깨닫고는 사랑은 나와 함께하는 것이라는 것을 알았다고 한다. 정말 본받고 배울 점이 많은 너무 멋진 사람이다.

올해도 벌써 다 가는 것 같다. 두 장밖에 안 남은 달력이 허전하게 느껴진다. 잎이 떨어지는 것을 보니 이제 곧 아버지 제사가 돌아오고 있다. 내가 태어나고 다음 해에 돌아가셨기에 아버지 얼굴도, 어떤 분이었는지도 아무것도 몰랐지만, 언니가 굉장히 자세히 말해주었기에 마치 아버지가 나랑 같이 살다가 가신 분 같다.

아버지는 호걸이셨고 마을에 어려운 일이나 문제가 생기면 다들 아버지에게로 와서 조언을 얻었다고 한다. 아버지는 사주명리학 공부를 하셨다고 했다. 언니 말로는 아버지도 삶이 고통스럽고 힘든 탓에 왜 그런지 이유를 알고 싶어서였다고 한다. 3년간 사주명리학 공부를 하신 아버지는 언니에게 이렇게 말했다.

"네 엄마와 나는 백년해로를 하기는 힘들 것 같다. 그리고 너는 시집을 꼭 재취 자리로 가라. 그러면 손에 물 한 방울 안 묻히고 편하게 살겠지만, 그렇지 않으면 고생한다"라는 아버지 말씀에 언니는 화가 났고 믿고 싶지 않았다고 한다. 그때 당시 재취 자리 시집은 창피한 결혼으로 인식이 되어 있었기 때문이라고 했다.

아버지의 사주명리학 공부 때문이었는지 아버지는 마을의 모든 문제뿐만 아니라 10촌까지의 집안 자식들 장래 문제, 진로에 관해서도 조언해주셨다고 했다. 물론 처음엔 믿지 않는 사람들도 있었지만, 세월이 흘러 어른들은 아버지 말씀이 다 맞았다고 이야기하신다.

아버지가 그렇게 신신당부하던 재취 자리 시집을 안 간 탓인지 언니는 고생을 정말 많이 했다. 아버지 이야기를 언니한테 들을 때마다 나는 '아버지가 살아계셨다면, 제대로 가정교육을 받았더라면, 내 삶이 그래도 평탄하지 않았을까?' 하고 생각한 적이 있었다. 나는 일찍 떠난 아버지를 정말 많이 원망했다. 그렇게 일찍 가실 것을 왜 나를 세상에 태어나게 했는지 옆에 계셨다면 따져 묻고 싶었다.

그런 아버지에 대한 원망이 감사의 마음으로 바뀌게 된 계기가 있었다. 안 좋아진 내 상황을 알게 된 친구가 알려준 어느 모임을 통해서다. 자라온 어린 시절과 아버지 이야기를 했더니 너무나 자세하게 부모님의 존재를 말씀해주셨다.

나는 청각장애가 있기에 모든 내용을 다 제대로 알아듣기에는 다소 무리가 있었다. 하지만 내 가슴을 울리는 부분이 있었다. 부모님은 뿌리라고 하며, 뿌리가 약해지면 당연히 자식들도 약해진다고 했다. 뿌리를 튼튼하게 하는 비결은 '감사'하는 마음이라고 했다. 부모님에 대한 감사의 마음을 느껴보면 자연스럽게 알게 된다고 하셨다. 그리고 돌아가신 아버지는 그 순간까지도 내게 최고의 사랑을 주시고 간 분이라고 하실 때 나는 울음이 터져버렸다.

아버지가 내게 주고 간 사랑이 고작 1년밖에 안 되는데 그게 최고의 사랑이라니? 현실적으로 말이 안 되는 말씀이었지만 나도 모르게 그 부분에서 알 수 없는 아버지의 큰 사랑을 체험하게 되었다. 그러고는 정말 많이 울었다. 아버지를 원망하며 살아온 그 세월이 사실은 너무나 그리운 아픔이었다는 것을 알게 되었다.

그리고 최고의 사랑을 주시고 간 아버지께 두 손 모아 그동안 지켜주셔서 감사하다는 말도 드렸다. 아무리 부모님께 감사해야 한다고 들었어도 내 가슴에서는 잘 안 됐다. 하지만 이 일로 나는 확실히 알게 되었다. 진정한 마음에서 우러나오는 감사는 나를 변하게 만든다는 것을 말이다. 그것은 사랑이었다. 온 세상이 아름다운 사랑으로 물드는 것 같은 포근함을 느꼈다.

그동안 당연하게만 생각했던 것들이 감사하는 마음으로 변했다. 건강한 마음과 몸이 있는 것이 감사했고, 따뜻한 집에서 생활하는 공간도 감사했고, 돈을 벌 수 있는 직장이 있는 것이 감사했다. 그리고 집에 오면 반갑게 맞아주는 반려견이 있어 감사했다.아침마다 눈을 힐링하게 해주는 식물이 있어 감사했고, 따뜻한 햇볕과 포근한 달빛의 자연의 경이로움에 감탄하는 마음이 감사했다. 무엇보다 내면의 영혼을 일깨워주고 영감을 얻어 글을 쓸 때 너무 감사했다.

우리는 당연한 것에 익숙하다 보니 감사함보다는 불평할 때가 많다. 나 역시도 그런 습관들로 인해 내가 살아온 삶들이 행복하지 못했다는 것을 알았다.

어느 책에서 본 재미있는 우화가 있다. 옛날 어떤 마을에서 나무

꾼이 나무를 하다가 그만 집으로 오는 길을 잃어 헤매게 되었다. 그런데 저만치서 호랑이 한 마리가 어슬렁어슬렁 오고 있는 게 아닌가? 나무꾼은 너무 무서워 재빨리 하느님께 기도했다고 한다.

"하느님, 제발 저 좀 살려주세요. 저기 호랑이가 오고 있습니다. 잡아 먹히지 않게 저 좀 살려주세요!"

반대로 호랑이는 마침 배가 고프던 중에 나무꾼을 본 것이다. 호랑이의 기도는 어떠했을까?

"하느님, 정말 감사합니다. 저에게 먹을 것을 주시니 너무 감사합니다. 잘 먹겠습니다."

하느님은 누구의 기도를 들어주셨을까? 당연히 호랑이의 기도를 들어주셨다는 이야기다.

나는 이 이야기를 처음 보았을 때는 한참 웃으며 상식적으로 어이없는 이야기라고 생각했다. 하지만 내 생각이 잘못되었다는 것을 나중에 확실히 알게 되었다. 구걸이 먼저가 아니라 감사를 실천할 때 하느님은 들어주신다는 것을 말이다. 오늘부터 당장 감사하는 마음을 실천해보자. 마음이 따뜻해지고 사랑의 온기가 느껴질 것이다.

진짜 인생은 지금부터다

지금 이렇게 글을 쓰고 있는 시간이 꿈만 같다. 진짜 인생이 시작 되는 것 같아 설레고 기쁘다. 한순간의 잘못된 선택으로 극단적인 생각까지 했던 나였기에 지금 글을 쓰고 있는 이 시간은 내게 생명 력을 불어넣어 주고 있다. 숨을 쉬는 것은 살아 있다는 증거다.

쉰하고도 중반을 바라보는 나이에 누군가는 늦은 것 아니냐고 할 지도 모른다. 하지만 진짜 인생에 나이는 중요하지 않다. 너무나 원 했고, 하고 싶은 일이고, 좋아하는 일이니 그 일에 늦고 빠름이란 없 다고 생각한다. 오히려 내가 하고 싶은 일을 찾은 것만도 정말 행운 이다. 왜냐면 원하는 삶을 살다가 가는 사람은 얼마 안 되기 때문이 다.

오래전의 일이다. 지인분의 정년퇴직을 앞둔 시점에 축하 겸 식사를 하는 모임이 있었다. 다들 퇴임을 축하하며 그동안 일하느라 고생했으니 이제는 좀 쉬면서 하고 싶은 일을 하라고 했었다. 하지만 퇴임을 앞둔 그분은 어딘가 모르게 울적해 보였다. 그는 직장을 다닐 때는 그나마 일이라도 있어서 좋았는데, 막상 오랜 직장 생활을 그만둔다고 하니 '이제는 무엇을 하나'라는 생각에 잠도 안 온다고 했다. 그때 어느 한 분이 "인생은 60부터라고 합니다. 진짜 인생은 지금부터입니다"라며 위로했던 기억이 난다. 나는 그때 물었다. "왜 인생이 60부터인가요?"

그분은 아무런 사고 없이 퇴직하는 사람이라면, 자녀도 어느 정도 컸고, 돈도 여유가 있을 테니 자녀들 키우면서 아등바등 살아온 지난 삶보다는 어느 정도 여유가 있는 60이 진짜 인생이라는 것이다.

퇴임을 앞둔 그분은 그 말에 용기를 얻었는지 그 후로 '남은 인생에서 진짜 하고 싶은 일이 무엇일까?' 고민하고 찾다가 시골 농가에 조그맣게 사둔 땅을 일궈서 여러 가지 곡식을 심고 판매도 하며 새로운 인생을 시작했다고 한다.

맞다. '인생은 60부터'라는 말이 그냥 있는 것은 아닐 것이다. 요즘은 '평균 수명이 100세'라는 말이 있을 정도로 70세이신 분들도 굉장히 건강하고 젊어 보인다. 수명이 점점 늘어가는 세상에서 우리는 노후에 어떤 일을 하면서 보낼 것인지 미리 생각해보아야 할 것이다. 이왕이면 하고 싶었던 일을 하는 진짜 인생을 보낸다면, 적어도 눈을 감을 때 후회하지는 않을 것 같다.

지금도 나이를 먹었다는 것이 무색할 만큼 늦은 나이에도 좋아하는 일을 하면서 인생을 보내고 있는 친한 언니와 형부가 있다. 두 사람은 자연과 함께하는 것을 좋아한다. 어느 날 갑자기 텐트 장비를 차에 싣고는 훌쩍 차박으로 여행을 떠나기도 하고, 남들은 모아놓은 목돈이 아까워서 고민하며 가는 해외 여행도 자신들에게 행복한 여행을 위해 아낌없이 투자하며 세계 여러 나라를 여행하는 부부다.

어느 날, 퇴직한 형부가 평소에 패러글라이딩을 좋아해 틈틈이 부업으로 하고 있었다고 말하며 계속 그 일을 하고 싶다고 했다. 다른 사람들을 하늘을 날게 해주는 일이 정말 즐겁고 보람 있다고 한다. 형부는 예전에 추락 사고로 병원 신세를 지었던 적이 있었음에도 다시 그 일을 하고 싶다고 했다. 정말 좋아하는 일이 아니고서는 있을 수 없는 일이라 생각한다. 형부는 내게도 멋진 하늘과 산을 구경을 시켜주고 싶다며 꼭 오라고 했기에, 나도 언젠간 꼭 가서 하늘을 날고 싶다.

내게는 항상 나를 에너자이저라며 특급칭찬을 해주는 사랑스러운 직장 동료였던 후배가 있다. 우리는 가끔 전화로 어떻게 사는 것이 진짜 행복한 것인지 대화를 할 때가 있다. 후배는 집안의 대소사 문제로 내게 조언을 구하기도 하고 이런저런 이야기를 하다 보면 삶의 모든 순간이 소중하다는 것을 새롭게 깨닫게 된다고 했다. 삶에 힘든 일이 생겨서 그 문제를 해결하느라 골머리가 아팠다가도 다행히 문제가 잘 해결되면 행복하고, 그러다 또 어느 시점이 되면 문제가 발생하고, 머리가 아프고…. 이런 삶의 쳇바퀴에 어느 순간 회의가 들 때가 있다고 했다. 우리 모두가 이런 삶의 굴레 속에서 살고 있을 것이다.

하지만 지나간 어제도 아니고 아직 오지 않은 내일도 아닌, 지금 이 순간을 감사하는 마음으로 산다면, 끌어당김의 법칙처럼 감사한 일들과 행복한 일들이 오지 않을까? 물론 이것을 행동으로 실천하기가 쉽지 않다. 지나온 삶 속에 저장된 부정적인 관념 때문인 것 같다. 나 역시도 늘 불안했던 과거만 생각하느라 지금을 놓치고 불안한 내일을 생각하는 일이 많다. 그 결과는 말하지 않아도 알 것이다. 계속 불안한 현실만 나타났다.

나는 후배에게 모든 순간을 진짜 인생을 산다고 생각하고 '지금'이라는 순간을 항상 자각하며 원하는 것에 집중하라고 했다. 과거와 오지 않는 미래가 아닌 ,'지금'을 생각하고 지금 하는 일에 집중하면 자연스럽게 행복도 찾아올 것이다. 모든 것은 '지금'에서 시작할 수 있으니 말이다. 좋은 일이 있을 때만 가지는 행복한 마음보다는 설사 안 좋은 일이 오더라도 '지금'이라는 순간순간을 감사하는 마음을 가지려고 노력한다면 우리는 매 순간 행복할 수 있을 것이다. 우리는 행복한 삶을 사는 것이 목적이다. 행복하게 사는 법을 알고 실천한다면 우리는 진짜 삶을 살아갈 수 있다.

내가 후배에게 그렇게 말할 때쯤에 생각나는 사람이 있었다. 이분은 전에 다니던 직장 동료 선배로 후배도 잘 알고 있다. 종종 후배랑 나는 이분을 언급하며 멋진 삶을 사는 분이라며 부러워하곤 했다. 평소에도 자기관리를 꾸준히 해온 이 선배는 정년퇴임을 한 후에 남은 인생을 어떻게 살다가 가야 할지 고민을 했다. 선배는 그 후 나이가 들어가는 여자도 멋지다는 것을 보여주고 싶은 생각에 꾸준히 운동하면서 관리하더니 지금은 중년 모델로서 활발하게 인생을 살고 있다. 나는 이 선배를 보면서 나이가 들어도 우리가 진짜 인생을 살지 못하는 법은 없다는 것을 깨닫곤 한다. 멋지게 살아가고 있는 선배님께 힘찬 박수를 보낸다.

우리에게는 태어날 때부터 주어진 달란트가 있다고 한다. 다만 그 달란트를 찾아 개발해서 더 크게 쓰는 사람이 있는가 하면, 찾는 정도로만 끝나는 사람이 있고, 찾지도 않고 그대로 묻혀두는 사람도 있을 것이다. 우리 삶은 딱 한 번뿐이다. 한 번뿐인 삶에 주어진 달란트를 찾아 개발해서 더 크게 쓰는 사람이 될 때, 진짜 행복한 인생을 살 수 있을 것이다. 한 사람, 한 사람이 원하는 진짜 인생으로 살 때 우리가 사는 이 지구별은 아름답고 행복한 행성으로 더 빛나지 않을까?

지금도 늦지 않았다. 진짜 인생은 지금부터다.

제2장

장애는
나를 알게 하는
축복이었다

피해자처럼 생각하지 마라

내가 청각에 이상이 있다는 것을 알게 된 것은 초등학교 저학년 때로, 나와 13살 차이가 나는 큰오빠가 집안 살림을 다 때려 부수며 엄마에게 따지던 일이 있고부터다. 큰오빠는 귀에 이상이 생겨 병원에 갔지만 가는 병원마다 아무 이상이 없다고 했다. 마지막으로 유명하다고 소문이 난 전북대학 병원까지 가서 세밀하게 검사를 진행했지만, 결과는 역시나 아무 이상이 없었다.

의사 선생님은 아마도 유전인 것 같다고 말했다. 그날 술을 잔뜩 먹고 집에 온 큰오빠는 엄마 집안에 귀가 안 좋은 사람이 있으니 나까지 이런 거라며 엄마를 원망했다. 아버지는 돌아가셨고 또 아버지 집안에 귀 안 좋은 사람이 있다는 소리를 못 들은 오빠 입장에서는 당연히 엄마 집안에 그런 사람이 있을 거라고 생각한 것이다.

6.25 전쟁 때 이북 개성에서 외할아버지와 단둘이 남한으로 피난을 온 엄마는 집안에 그런 사람이 있는지 알 길이 없었다. 외할아버지는 이미 돌아가신 뒤였다. 그렇게 우리 집은 나의 입양을 막은 둘째 오빠만 정상이고 나머지 4형제는 청각장애라는 딱지를 안게 되었다. 그런데 알고 보니 엄마 집안이 아닌 아버지 집안이라는 것을 확실하게 증명하는 사건이 터졌다.

내가 태어나기 열흘 전에 이미 이복 오빠가 태어났었다. 아버지가 식당을 운영하면서 식당 종업원하고 바람을 피워서 낳은 오빠였다. 이 오빠는 태어나자마자 생모와 이별했고, 아버지가 다른 부잣집으로 입양을 보냈다고 한다. 핏줄은 언젠가는 다시 만나는 인연이 있었던지 내가 17살 때 우연히 만나게 되었다. 그때 알았다. 그 오빠도 귀가 안 좋다고 했다. 그렇게 우리 5형제는 그 이후로 아버지 쪽에 누가 귀가 안 좋았나 족보를 거꾸로 따져 올라가보았다. 할머니께서 귀가 안 좋았는지 목소리가 매우 크셨다는 동네 어른들 말씀도 있었고, 할머니 여동생인 이모할머니 아들이 아랫마을에 사는데 그분도 귀가 안 좋다는 이야기가 있었다.

내가 피해자라는 생각으로 살게 된 것은 바로 이 청각장애를 알고부터다. 나는 큰오빠처럼 따지고 싶어도 따질 엄마도 이미 계시지 않았다. 초등학교 시절은 그렇게 못 듣지 않았기에 큰 불편함이 없었던 것 같다. 하지만 내 청각은 그 이후 서서히 나빠졌다.

내가 초등학교 3학년 때의 일이다. 엄마는 당시 남의 집에서 가정부로 일했다. 말이 가정부지, 옛날에는 식모살이다. 나는 철부지 3학년 때 엄마가 일하는 집으로 놀러 갔었다. 그 집은 정말 상상해보지 못한 크고 으리으리한 이층집이었다. 그 집에서 하룻밤 묵고 오는 일이 생겼다.

엄마는 자신이 기거하는 방에 나를 들어가게 하고는 나오지 못하게 했다. 그러고는 주인 아저씨와 아주머니가 식사하고 남은 반찬을 갖고 와서 내게 많이 먹으라고 했다. 엄마와 함께 있는 그 집이 내게는 천국이었다. 나는 그 집에서 살고 싶다고 엄마한테 철없는 말을 했다.

주인 아저씨와 아주머니가 외출한 날, 나는 엄마의 일과를 옆에서 보게 되었다. 종일 크고 으리으리한 이층집을 엄마 혼자서 쓸고 닦는 모습은 어린 내게도 벅차 보였다. 어느 날, 엄마는 심한 하혈을 했다. 병원에서는 자궁암 말기라고 했다. 수술하기에는 이미 늦었다고 의사 선생님은 말했다. 그렇게 엄마는 으리으리한 이층집에서 2년을 일하고 병만 얻어온 것이다.

엄마가 암이라는 사실을 알았을 때는 하늘이 무너지는 것 같았다. 엄마는 다시 집으로 들어오셨고, 죽기 전에 큰아들 장가가는 것을 보고 싶었는지, 어느 날 큰오빠가 예쁜 언니를 시골집으로 데리고 왔다.

나는 그때도 확실히 철이 없었다. 어찌 됐든 엄마는 살아계셨고, 큰오빠가 데리고 온 새언니가 사 온 선물 꾸러미에 괜히 기분이 좋아서 동네 친구들한테 자랑하기 바빴다. 예쁜 새언니는 3사관학교에 다니고 있는 큰오빠랑 펜팔로 만난 사이라고 했다. 큰오빠가 입은 군복은 어린 내가 봐도 멋져 보였다. 아마도 새언니는 큰오빠의 군복이 멋져서 결혼한 게 아니었나 싶었다. 그렇게 큰오빠는 엄마 소원대로 결혼했다.

초등학교 때 주변 친구들에게 "은겸이는 가는 귀가 먹어서 잘 못 들어"라는 소리를 들을 때마다 수치스러워서 어떻게 할 줄을 몰랐다. 친구들이 나를 놀리는 것 같았고, 실제로 어떤 친구는 "너 왜 그렇게 못 들어?"라고 큰소리로 짜증을 내는 바람에 주변 친구들까지 무안해지는 상황이 빈번하게 발생했다.

그럴 때마다 집에 있는 엄마에게 옛날 큰오빠처럼 따지고 싶었지만, 엄마는 암 투병으로 늘 힘이 없으셨다. 안 한 것이 정말 다행이었다. 죽음을 앞둔 엄마 심정은 어땠을까? 자식들 넷이나 청각 장애를 둔 엄마 마음은 까맣게 타들어갔을 것이다.

중학교에 입학하면서 나는 새로운 친구들과 학교 생활을 하고 있었다. 처음 접하는 영어도 재미있었고 버스를 타고 다니는 시내에 있는 학교라서 더 좋았다. 그렇게 1학년 여름방학을 맞을 무렵, 식구들이 집에 다 모였다. 엄마 병세가 더 악화되니 누군가는 병간호를 해야 한다고 했다.

나밖에 없다며 다들 입을 모아 말했다. 하지만 나는 새로운 학교 생활에 막 재미가 붙은 참이었기에 학교를 휴학하기 싫다고 했다. 그러다 큰오빠한테 혼만 났고 엄마는 싫다고 하는 내게 서운해하셨다.

나는 그날 밤 눈이 퉁퉁 붓도록 울었다. 왜 나만 피해를 봐야 하는지 억울하다고 생각했었던 것 같다. 아마도 나는 그때 엄마가 죽지 않을 거라고 생각한 것 같다. 아픈 엄마였지만 영영 내 옆에 그 모습 그대로 계실 거라고 믿고 싶었던 것 같다. 그렇게 나는 학교를 그만두고 엄마와 6개월을 함께 보냈다. 지금도 엄마와 같이 보낸 시간을 생각하면 눈물이 나고 가슴이 먹먹해진다. 나도 엄마가 되어보니 자식을 둔 엄마의 심정을 너무 잘 알게 되었기 때문이다. 살아계셨다면 못다 한 효도를 애틋한 마음으로 해드릴 것 같다.

엄마는 나와 같이 있으면서 많은 이야기를 하셨다. 돈을 빌려주고 못 받았다는 이야기, 둘째 오빠가 무엇 때문에 미웠는지 날강도라는 이야기, 지난밤에는 돌아가신 아버지가 꽃가마를 끌고 와서 같이 가자고 했다는 이야기 등 많은 이야기를 해주었다. 어린 새끼들 두고 어떻게 가냐고 못 간다고 했더니 아버지는 그 자식들은 다 잘 산다며 걱정하지 말라고 했다고 한다.

또 내게 한글을 배워서 너무 좋았다는 이야기도 하셨다. 고향이 개성인 엄마는 옆에 일본학교가 있어서 일본말은 잘하셨는데 한글은 까막눈이셨다. 장사하려니 글을 모르면 당할 것 같았는지 나한테 글을 배우셨다. 늦은 나이에도 금방 한글을 깨치신 것을 보면 엄마는 머리가 좋으셨던 것 같다.

어느 날 밤이다. "은겸아, 어젯밤에는 저승사자가 왔었다." 그 말을 마지막으로 엄마는 가족 모두가 지켜보는 앞에서 눈도 감지 못한 채 임종하셨다. 오빠들의 곡소리가 엄마가 아버지 제삿날에 대청마루에서 했던 곡소리처럼 들렸다. 나는 엄마 장례식이 어떻게 진행되었는지 기억이 없다. 내가 아는 건 바로 앞산에 엄마가 묻혔다는 것이다.

엄마가 돌아가시고 나는 걷잡을 수 없을 정도로 방황했다. 매일 밤이면 엄마가 꿈에 나타났다. 어떤 때는 학교까지 찾아와서 돈이 없다고 돈 좀 달라는 꿈도 여러 번 꾸었다.

1년이 지난 후 나는 중학교에 재입학했다. 작년 친구들은 2학년이 되었고, 나는 다시 1학년으로 학교생활을 했다. 모든 게 낯설고 어색했다. 내게 다가오는 친구도 없었고 내가 먼저 다가갈 용기도 없었다.

그러다 사건이 터졌다. 교실 뒤에서 선생님이 노트에 받아 적으라며 무슨 말을 했는데, 무슨 말인지 하나도 안 들려서 손을 들고 선생님께 무슨 소리인지 못 들었다고 말하니 갑자기 애들이 까르르 웃으며 박장대소를 했다. 그때 이상함을 감지했고 어렸을 때 큰오빠가 술 먹고 엄마한테 따졌던 일이 생각났다.

소리는 들리는데 무슨 소리인지 전혀 전달이 안 되는 것이다. 비유하자면 영어를 모르는 사람이 미국에 가 있는 꼴이다. 영어 소리는 들리지만 무슨 내용인지는 모르는 것과 같다. 이때부터 나는 세상에 대한 원망과 피해의식으로 내면에 차곡차곡 벽돌을 쌓아 성을 만들었다. 좀처럼 무너지지 않는 너무도 단단한 성을 말이다.

과거 때문에 현재를 놓치지 마라

왜 우리는 과거를 생각하는 것일까. 그것도 안 좋았던 과거를 말이다. 내가 이 부분에 유독 관심을 가지게 된 것은 나 역시 과거로 인해 내 미래를 망치고 있다는 것을 알았기 때문이다. 지나간 안 좋은 추억은 이미 내 머릿속에 저장되어 어떤 사건이 벌어질 때면 저장되었던 추억의 필름이 어김없이 재생되어 마치 그 일이 지금 여기에서 벌어지는 것처럼 힘들었기 때문이다.

나는 어릴 때부터 나의 입양을 막은 둘째 오빠로부터 적잖은 폭력을 당하며 자랐다. 걸핏하면 내 머리를 팍팍 때린 오빠한테 왜 때리느냐고 물으면 말대꾸한다며 더 세게 맞았다. 오죽하면 어릴 때 '머리를 너무 맞아서 귀가 안 좋은 건가?' 했을 정도다.

오빠의 폭력에는 이유가 없었다. 억울한 나는 오빠한테 맞을 때마다 너무 화가 났고 그만큼 입을 꾹 다물었다. 지금 생각해보면 오빠는 학교에서 받는 사춘기 스트레스를 동생들 때리는 것으로 풀었던 것 같다. 나는 두 살 터울인 오빠와 같이 무릎까지 꿇으며 맞을 때면 북한 군대에서 벌 받는 느낌이었다.

하지만 바로 위 오빠는 약았는지 나와는 다르게 형한테 맞을 때면 무조건 잘못했다고 싹싹 빌었다. 잘못했다고 비는 사람한테는 누구나 마음이 약해질 것이다. 그러니 두 대 맞을 것도 한 대만 맞는 것이다. 나는 그러지 못했다. 처음부터 잘못이 없었기에 막내 오빠처럼 잘못했다고 빌고 싶은 마음이 전혀 없었다. 이때부터 나의 똥고집이 형성된 것 같다.

내가 오빠한테 매를 맞는다는 것을 집안 식구들 아무도 몰랐다. 두 살 터울인 오빠만 알았다. 또 다들 먹고살기 바쁘니 막내인 내가 매를 맞는지 예쁨을 받는지 안중에도 없었다. 옛날에는 다 그랬다고 한다.

또 엄마도 딸인 나보다 아들인 오빠가 더 귀했기 때문에 나 하나쯤 맞는 것은 대수롭지 않았던 것 같다. 그때 당시 큰언니가 피혁 공장에서 숙직하면서 지내다가 일주일에 한 번 집으로 왔다가 다음 날 돌아갔다. 당시 나는 언니가 제발 공장으로 안 갔으면 했다. 언니가 집에 있는 날은 오빠한테 매를 안 맞는 날이기 때문이다.

어른이 되어서도 내 머릿속을 평생 따라다니는 끔찍한 사건의 기억이 있다. 그날도 내가 무슨 잘못을 했는지 오빠는 나를 다락방으로 끌고 가서는 분이 풀릴 때까지 때렸다. 다락방으로 끌고 간 이유는 대청마루 건넛방에 엄마와 언니, 형부가 있었기 때문이다. 내가 울면 오빠가 나를 때린 게 들통이 날 것 같았는지 때리는 데 안전한 다락방으로 끌고 간 것이다.

나는 무서워서 아무 말도 하지 못했다. 아니 어쩌면 오빠한테 맞는 것이 익숙해져서 마음속으로만 무서움과 분노를 차곡차곡 쌓아 두고 있었는지도 모르겠다. 다락방에서 나는 눈앞에 별이 보이는 경험을 했다. 오빠가 얼마나 세게 때렸는지 깜깜한 눈앞에 별이 반짝하고 보였다. 정신이 없었고 조금 뒤에 피가 뚝뚝 떨어지며 피비린내가 났다. 손으로 닦고 또 닦아도 코피는 멈출 기색이 없었다. 계속 피가 쏟아지니 오빠도 순간 당황했는지 내게 내려가라고 했다. 다락방에서 내려오면 안방이다. 바로 앞에는 큰 거울이 있었다. 피로 범벅이 된 내 얼굴이 거울 속에서 나를 바라보고 있었다.

나는 무서웠지만 치가 떨리게 이 상황이 싫었다. 그게 분노인지도 모른 채 분노를 가슴 밑바닥으로 밀어 넣고 있었다. 어린 나이에 눈물은 흘렸지만 울지는 않았다. 오히려 내 모습을 본 막내 오빠가 무서웠는지 엉엉 울면서 마당 끝에 있는 수돗가로 나를 데리고 가 피범벅이 된 내 얼굴을 닦아주며 말했다. "이 바보야, 왜 맞고 그래. 그냥 잘못했다고 빌면 되는 것을…" 오빠 말대로 그렇게 빌고 살았다면 내 삶이 달라졌을까? 과거를 생각할 때마다 '오빠 말대로 했었다면 어땠을까?' 하고 생각한 적이 많았다.

하지만 그때는 그렇게 말하는 오빠도 싫었다. 나는 오히려 그날 막내 오빠가 제발 건넛방에 있는 엄마에게 달려가 이 사실을 고자질하기를 바랐다. 내가 그동안 둘째 오빠한테 이렇게 맞고 자랐다는 것을 엄마가 알기를 바랐다. 그러고는 엄마가 나를 안아주며 누가 우리 새끼를 때렸냐고 오빠를 호통쳐주기를 바랐다.

나는 그만큼 엄마 사랑이 절절히 고팠던 아이였다. 하지만 그런 일은 일어나지 않았다. 막내 오빠는 피범벅이 된 내 얼굴을 닦아주는 것으로 마무리를 지었다. 나는 오빠 손을 뿌리치고 일어나 어두운 밤하늘에 떠 있는 별을 보며 동구 밖으로 나갔다. 세상에 내 편은 하나도 없다고 생각했다. 그러고는 한참을 울었던 기억이 난다. 이 기억은 내가 삶을 살아가면서 무수히 내 발목을 잡는 사건으로 연결되었다.

나는 그때 내 아픈 감정을 풀어냈어야만 했다. 어떻게든 풀어서 내부 압력을 내 가슴에서 빼냈어야 했다. 감정이 무엇인지도 몰랐던 나는 커가면서 또 한 번의 잊지 못할 경험을 하게 된다.

16살 때인 것 같다. 늘 다니던 교회에 갔을 때다. 친구 따라 같이 온 초등학교 남자 동창이 있었다. 나는 오랜만에 본 친구가 무섭게 느껴졌다. 왜냐면 동창들 사이에선 이 친구가 폭력배에 들어갔다는 소문이 돌았기 때문이다. 우리는 교회 저녁 예배가 끝나고 밖에서 이런저런 이야기를 하면서 놀았다. 잘 듣지 못한 내가 무슨 실수를 했는지 친구를 따라온 소문이 안 좋은 남자 동창이 다른 친구들에게 내 팔을 양쪽으로 붙잡고 있으라고 했다. 그러더니 주먹으로 내 심장을 마구 강타하기 시작했다.

어릴 때 오빠한테 맞았던 기억이 떠오르기 시작했다. 악몽이 되어 가슴속에 또 저장되었다. 정말 한 대만 더 맞으면 죽을 수도 있겠다는 생각이 들었다. 그때 처음으로 죽음이라는 것을 생생하게 느꼈다. 죽을 수도 있는 그 마지막 한 대를 남겨두고 동창은 세상에 대한 모든 원망을 내 심장을 때리는 것으로 풀었다는 듯이 손바닥을 털며 어두운 밤길을 터벅터벅 걸어갔다.

지금도 나는 내가 왜 그 애한테 맞았는지 모른다. 그 친구에 관한 소식은 어른이 되어서도 듣지 못했다. 동창이니 누군가한테 물어볼 수도 있었지만 물어본들 내 아픈 상처가 낫는 것도 아닐 텐데 굳이 알고 싶지 않았다. 누군가한테 맞은 기억은 시간이 지난다고 없어지는 것이 아니다.

그 후로 나는 뉴스나 어떤 미디어에 폭력에 관한 내용이나 영상이 뜰 때면 내 의지와는 상관없이 심장박동이 빨라지면서 호흡이 거칠어졌다. 이런 현상은 어른이 되어서도 간혹 나타났다. 누군가가 내게 길을 물으면 내가 너무 깜짝 놀라 되려 묻는 사람이 더 놀라는 일이 빈번히 일어났다. 그런 증상이 너무 심하다 보니 중학교 담임 선생님과 같이 병원에 간 일이 있었다. 심부전증이라며 목밑샘 기능에 문제가 있다고 했다.

이 트라우마 같은 어린 시절의 기억은 결혼하고 아이를 낳고 사회생활을 하면서도 계속 나를 힘들게 했다. 소외감을 느낄 때마다 주체할 수 없이 눈물이 흘러 견딜 수가 없었다. 그럴 때는 가슴이 너무 먹먹해 눈물을 닦아도 멈추지 않아 더 힘들었다. 어떤 때는 내가 왜 슬픈지, 왜 울고 있는지 정확한 이유도 모른 채 서러운 눈물만 계속 흘리곤 했다.

나는 안 좋은 일이 생길 때면 과거를 떠올리며 그 기억 때문에 내가 이렇게 된 것이라며 나를 더 옭아매는 상황을 만들곤 했다. 이미 지나간 어제 일도 다시 곱씹는 버릇이 생겼다. 예를 들면, '어제 그 일에 그렇게 하지 말았어야 했어! 내가 왜 그때는 그런 말을 했을까!' 하며 지나간 일을 후회하는 데 시간을 쏟았다.

이런 불필요한 되새김질은 내가 성장하는 과정에 하나도 도움이 되지 않는다는 것을 알게 된 것은 많은 시간이 흐른 뒤였다. 그리고 상처받은 나의 어린 시절 감정을 오롯이 알아주고 안아주는 시간을 가지고 나서야 비로소 트라우마 같은 어린 시절 기억에서 벗어날 수 있었다.

그 후로는 둘째 오빠와 편하게 많은 대화를 할 수 있게 되었다. 알고 보면 오빠도 마음이 편하지만은 않았을 것이다. 아마도 동생들 때린 것을 두고두고 후회하고 있을지 모른다. 그때 때려서 미안하다는 말도 부끄러워서 못했을 것이다. 오빠와 대화하는 과정에서 저절로 그런 마음이 느껴졌다. 오빠는 옛날에 나를 때린 게 마음에 걸렸는지 걸핏하면 전화로 아픈 데는 없냐면서 안부를 물어온다. 누구보다 나를 응원하고 있다는 것을 이제는 잘 알고 있다.

며칠 전에는 둘째 오빠가 환갑을 맞이했다. 세월의 흔적만큼이나 주름살이 깊어져 있는 오빠들의 얼굴을 보며 가족이라는 인연으로 만난 것에 이제야 감사함을 느끼게 되었다.

타인과의 비교가 불행의 시작이다

"은겸아, 넌 좋겠다. 돈 잘 벌어다 주는 남편이 있어서. 역시 여자는 남자를 잘 만나야 한다니까."

"네가 보기에는 내가 남편을 잘 만난 것처럼 보여?"

"그럼, 남편 잘 만났지. 돈 걱정은 안 하고 살잖아. 나는 남편이 생활력이 없어서 지금까지 월세방 전전하고 있다. 내 팔자도 참 더럽다. 더러워."

고향 친구인 J는 매일 나만 보면 남편 잘 만나서 부럽다고 했다. 아마 지금 나의 상황을 알게 되면 눈 동그랗게 뜨고 깜짝 놀랄 것이다. 부럽다는 것은 어떤 의미일까? 아마도 타인과 나를 비교할 때 느껴지는 초라함이 아닐까.

우리는 조그만 행복도 타인과 비교하며 산다. 타인보다 내가 못

하다고 생각되면 우울해한다. 반대로 내가 더 낫다고 생각되면 괜스레 우쭐해하기도 한다. 비교로 인해 그날의 기분이 좌우되기도 한다. 이러한 비교가 좋은 일이 아닌 줄 알면서도 계속 비교하면서 하루하루 살아간다.

엘리베이터에서 만난 이웃집 여자의 옷차림이 명품이면, '저 여자는 무슨 복이 있길래 죄다 옷이 명품이야!' 하며 다시 그 여자 얼굴을 힐끔 보거나, 나보다 잘난 것 같은 질투심에 아예 무시하기도 한다.

내가 그랬다. 늘 세상과 비교하면서 살아왔다. 중학교 때부터 잘못 듣는 귀로 방황하면서 학교에 가는 게 지옥 같았다. 돌아가신 부모님을 원망하고 이런 장애를 가지고 태어난 나를 미워하며 살았다. 어떻게 보면 미래가 없는 삶이었다. '오늘은 어떻게 하면 학교를 안 갈까' 궁리하면서 아픈 척도 했고, 아예 무단결석을 하면서 종일 만화방에 가서 책만 읽는 일도 많았다. 그것도 아니면 종일 시내를 돌아다니기도 했다. 지나가는 사람들 구경도 하고 길가에 앉아서 사주 관상 봐준다는 글을 유심히 쳐다보기도 했다.

어쩌다 학교에 가면 책상에 엎드려 친구들이 내게 말을 걸지 못하도록 봉쇄하기도 했다. 친구들끼리 멀리서도 주고받는 대화가 너무 신기해서 멍하니 쳐다본 적도 있었다. '나는 왜 저 소리가 안 들리는 거지?' 생각하면서도 누구한테 상의할 사람도 없었다.

학교를 안 간다는 소리를 들은 큰오빠와 언니가 내게 와서 애걸복걸했다. 지금도 그때의 기억이 눈에 선하다. 논두렁 흙바닥에서 고집부리며 학교에 안 가겠다고 버티는 나를 보며 울상이 된 언니와 오빠의 모습이 말이다. 어찌 됐든 중학교는 졸업해야 하는데 안 가고 있으니 나의 똥고집에 언니와 오빠는 얼마나 기가 찼을까 싶다.

둘째 오빠는 이때 군대에 있었던 것 같았다. 안 그랬으면 가만 안 뒀을 것이다. 나의 사정을 들은 학교 측에서 3학년 졸업 6개월을 남기고 나를 다른 학교로 전학시키는 것으로 마무리되었다.

전학을 간 학교는 남자 중학교였는데, 그곳에는 여자들이 다니는 야간 학교가 있었다. 졸업장은 있어야 하는데 내가 학교는 안 오니 학교 측에서 자퇴보다는 아는 분의 도움으로 다른 야간 중학교로 전학을 시킨 것이다. 그곳에서 나는 6개월 동안 아프다는 핑계로 몇 번 학교를 나가지 않은 채 졸업장을 받았다. 지금 생각하면 하늘이 도운 일이었다. 안 그랬으면 내 인생은 또 어떻게 흘러갔을까? 아찔한 생각을 해본다.

지옥 같았던 학교를 안 가니 살 것 같았다. 혼자 있는 시간이 편했고 저녁에는 교회 친구들하고 놀러 다니기 바빴다. 그때쯤에 둘째 오빠가 군 제대를 하고 집으로 들어와 있었다. 친구들하고 놀다가 집으로 오는 동네 길목 어귀에서 둘째 오빠를 만나는 날이면, 나는 맞아서 여기저기 멍들기 일쑤였다. 오빠를 피하는 것만이 내가 살 길이었다.

둘째 오빠는 공부할 생각은 안 하고 친구들과 놀러만 다니는 내가 한심하고 답답했을 것이다. 그러니 내가 보이면 자동으로 어릴 때 나를 때렸던 습관이 나왔다. 나는 어떻게든 둘째 오빠한테 벗어나고 싶었다. 집에 가도 때리는 사람 없는 동네 친구들이 부러웠다.

이때 친구 J가 솔깃한 제안을 했다. 같이 공장에 가자는 것이다. 그렇게 나는 친구와 17살에 전자부품을 생산하는 조그만 공장에 취업했다. 여러 사람과 소통하는 것이 아닌, 조용히 앉아서 기계에서 나오는 상품을 조립하는 일이니 못 듣는 나한테는 안성맞춤이었다. 아직도 첫 월급 8만 원을 받아서 친구 J랑 맛있는 통닭을 사 먹었던 일이 생생하게 기억이 난다. 이때 처음으로 못 듣는 장애가 있어도 행복하다고 생각했다.

그곳은 나처럼 나이가 어린애들이 많이 일했다. 대부분 중학교를 졸업하고 고등학교에 진학을 못 해서 온 애들이었다. 이곳에 온 애들은 모두 나만큼이나 사연이 많았다. 부모님이 이혼하는 바람에 고아가 되어서 왔다는 애도 있었고, 공부보다는 돈을 벌고 싶어서 학교를 때려치우고 왔다는 애도 있었다. 또 가정형편이 너무 어려워서 동생들을 돌봐야 하니 어쩔 수 없이 왔다는 애도 있었다. 그러면서 다들 "너는 나보다 낫네", "무슨 소리야, 너가 더 낫지" 하며 타인과 비교하며 위로도 받고, 질투도 하면서 공장 생활을 이어나갔다.

이때부터 나는 잘 못 듣는 귀로 인한 스트레스를 줄이기 위한 수단으로 사람 입 모양을 뚫어지게 쳐다보는 습관을 들였다. 약간의 소리와 입 모양을 보면서 대충이라도 알아들으려고 노력한 것이다. 절대로 타인에게 나의 장애를 먼저 말한 적이 없었다. 장애를 말한다는 것은 그때 당시에는 굉장한 수치였다. 어떻게든 감추고 싶었다. 말하지 않아도 같이 생활하다 보면 자연스럽게 알게 되지만, 그래도 내 입으로 말하는 게 창피했다. 나는 나를 포장하면서 바보같이 힘든 삶을 살았다.

그렇게 돈도 벌면서 다른 사람들 입 모양을 열심히 쳐다보면서 잘 듣지는 못해도 아주 못 알아듣지는 않는 생활을 보냈다. 그렇게 1년이 지난 무렵에 좋은 소식이 있었다. 공장 사장님께서 야간 고등학교에 보내주신다는 것이다.

나와 고향 친구 J는 정말 좋아했다. 공장 생활을 하면서 돈을 벌어 보니 중학교 졸업장만 가지고는 어디다 명함도 못 내밀겠다는 생각을 했기 때문이다. 적어도 고등학교 졸업장은 있어야 좀 더 좋은 곳으로 취업을 하겠다는 생각에 검정고시라도 봐야 하나 생각도 해봤지만, 검정고시가 생각만큼 쉬운 시험도 아니었기에 고민만 했던 찰나였다. 그러니 야간 고등학교 소식은 사막에서 오아시스를 만난 것처럼 좋았다.

공장 친구들과 낮에는 돈을 벌고 밤에는 공부하는 생활이 시작되었다. 이곳은 공장의 아이들보다 더 많은 사연을 가진 아이들이 모여 있었다. 저 멀리 목포에서 온 애도 있었고, 영동에서 온 애도 있었고, 전국 각 지역에서 모인 애들이 자기 고향 이야기로 웃음꽃을 피웠다.

1학년 반이 배정되고 선생님께서는 한 사람씩 나와서 1년을 친구들과 어떻게 보낼 것인지 소감을 말하라고 했다. 각자 나와서 말을 했고 내 차례가 되어 무슨 말을 했는지 잘 모르겠지만 선생님께서는 나보고 반장을 하라고 했다. 나는 겁이 덜컥 났다. 반장을 하면 일단 공부도 어느 정도 해야 하고 모든 일을 반 친구들과 소통하면서 지내야 할 것 같았기 때문이다.

하지만 선생님께 못 하겠다는 말을 하지 못했다. 내 장애를 말하는 것은 반장을 못 하겠다고 하는 것보다 더 힘든 일이었기 때문이다. 그렇게 나는 1학년 반장이 되었다. 반장이 되고 나니 어깨가 무겁고 심적 부담이 이만저만이 아니었다.

반장이 돼서 공부도 못한다고 하거나 잘 못 듣는다고 놀리기라도 하면 어쩌나 계속 불안과 두려움 속에서 지냈다. 나보다 공부 잘하는 애나 잘 듣는 애를 보면 부러워서 나 자신이 초라해지는 일이 빈번히 발생했다. 제일 두려웠던 시간은 사회 시간이었던 것 같다. 선생님께서 내 노트 필체를 보시더니 글씨를 잘 쓴다고 하시며 나보고 칠판에 나가서 분필로 불러주는 내용을 쓰라고 했다.

정말 그때는 심장이 덜컹 내려앉았다. 등에서 식은땀이 줄줄 흐르고 다리가 후들후들 떨렸다. 중학교 때 내가 엉뚱한 소리를 해서 반 애들 모두가 까르르 웃으며 박장대소를 했던 일이 떠올랐다. 나는 입 모양을 보지 않으면 뒤에서 누가 뭐라고 해도 정확한 내용이 전달이 안 되기 때문이다. 애들이 많은 데서 또 망신을 당하나 하는 생각에 걷잡을 수 없는 초라함과 비참함이 내 몸을 감쌌다.

하늘이 도왔는지, 내가 잘못 들었는지 선생님께서는 칠판에 쓸 내용을 미리 적어놓은 노트를 내게 주시며 보고 쓰라고 하셨다. 선생님이 주신 노트를 보며 칠판에 다시 분필로 적으면서 많은 친구들 앞에서 중학교 때처럼 망신을 안 당하게 해주셔서 속으로 하나님, 부처님께 감사의 마음을 전했다. 그렇게 나를 솔직하지 못한, 떳떳하지 못한 사람으로 생각하는 것이 불행인지도 모르면서 살고 있었다.

비난을 두려워하지 말자

내가 38살 때인 것 같다. 유명한 여배우의 사망 사건이 사회적으로 크게 이슈가 되었다. 베르테르 효과로 700명 이상이 자살했다고 한다. 실제로 당시 내 주변에서도 힘든 일이 있을 때마다 그 여배우의 이름을 거론하며 돈 많고 인기 많고 모든 사람의 부러움을 한 몸에 받고 있는데 그런 선택을 했다는 것에 회의를 느꼈는지 모든 게 부질없다며 죽음에 대해 쉽게 이야기하곤 했다. 어떤 사람은 그 여배우의 죽음이 오히려 위로된다며 본인의 힘든 생활을 애써 외면하곤 했다.

나도 그때는 너무 놀라서 입이 다물어지지 않았다. 여러 가지 사망 이유가 나왔지만 가장 큰 것은 네티즌들의 비난이었다. 사실이 아닌 루머로 인해 여론의 비난을 받아야 했던 여배우는 너무 힘든 나머지 극단적인 선택을 했다는 것이다.

내 마음에 단단한 근육 없으면 다른 사람의 비난에 쉽게 무너지게 된다. 또한 내가 선택한 행동으로 인해 다른 사람의 비난을 받을까 봐 당당하게 행동을 못 하기도 한다. 나도 사람들의 비난이 두려워 힘들 때가 있었다. 30대 후반의 일이다.

시부모님이 돌아가시고 아이들도 어느 정도 커서 집에만 있기에는 무료했던 시기였다. 마침 운동하면서 알게 된 언니가 우리 집에서 가까운 곳의 민자도로 요금소에서 3개월만 하는 계약직이 있다고 했다. 도롯가에서 지휘봉을 들고 잘못 들어온 차량을 막는 일이었다. 나는 사람들과 소통하는 사무실보다는 밖에서 하는 일이 더 편했기에 오히려 좋다고 생각했다. 결혼하고 아이 낳고 오랜 시간 살림만 한 내가 다시 돈을 번다는 생각에 긴장도 되고 두려움도 있었지만 용기를 내서 열심히 했다.

영업소 소장님이 나를 잘 보았는지 3개월 계약직이 끝난 뒤에 정식직원으로 다시 채용하고 싶어 하셨다. 요금소 부스에서 수납하는 일이있다. 나도 돈을 벌 수 있다는 생각에 정말 좋았다. 하지만 남편은 청각장애가 있는 내가 여직원만 50명이 넘는 곳에 있으면 혹여 장애로 인해 상처를 받으면 더 힘들 거라고 생각해서 반대했다. 나도 그 부분이 두려웠던 건 사실이다. 그래서 소장님께 솔직하게 장애로 인해 못 가겠다고 했다. 하지만 소장님께서는 완강히 장애가 있어도 그다지 불편한 것 없으니 오라고 했다. 잘 못 들으면 핸드폰을 갖고 들어가면 된다며 말이다.

지금은 퇴직하시고 행복한 여생을 보내고 있는 소장님께 나는 다시 한번 감사의 마음을 보낸다. 소장님의 강력한 권유로 나는 또 한번의 직장 생활을 하게 되었다. 입사하기 전 긴 생머리를 단발머리로 싹둑 잘랐다. 새로운 마음으로 직장 생활을 하고 싶은 마음도 있었지만 내가 머리를 자른 진짜 이유는 두려움 때문이었다. 비난의 두려움이 컸다. 내가 장애가 있는 것은 다들 알고 있었더라도 보청기를 하고 있는 모습을 보여주고 싶지 않았다. 그 모습을 보고 수군거리는 게 두려웠다. 그래서 단발머리로 보청기를 가렸다. 그러다가 보청기 전지 교체 알람 소리가 울리면 가슴이 두근거리고 식은땀이 났다.

부스 안에 혼자 있을 때는 상관없지만, 옆에 누구라도 있을 때는 난감한 상황에 수치심이 극에 달했다. 보청기를 빼서 건전지를 교체할 때 옆에 있던 직원이 그 모습을 신기하다는 듯이 빤히 쳐다봤기 때문이다. 그리고 소문은 삽시간에 퍼졌다. 그 후로 나는 전지 교체할 때는 아무도 없는 곳에서 알림이 울리기 전에 미리 했다.

장애가 있는 사람은 누가 뭐라고 하지 않아도 나처럼 스스로 편견이 있는 사람이 많다. 요금소에서 수납을 하다 보면 많은 고객을 만난다. 그중 할인복지 카드를 건네는 사람들을 종종 보곤 하는데, 어떤 고객은 본인이 장애라는 사실을 수납원이 안다는 생각에 소심해하는 모습을 보인다. 어떤 고객은 수납원이 별말 안 했는데도 본인을 장애인이라고 무시한다고 느껴서 도리어 큰소리치며 따지는 사람도 있었다.

회사에 출근하면 미팅을 하며 고객들과의 애로사항을 토론할 때가 있다. 직원들이 장애인들 때문에 정말 힘들다고 하소연할 때마다 나한테 하는 소리가 아닌데도 모든 비난이 내게 하는 것처럼 들려 주눅이 들고 소외감을 느낀 적이 많다.

나는 세상에 나를 포함해 장애가 있는 사람은 그렇게 많지 않다고 생각했다. 하지만 직장 생활을 하면서 장애가 있는 사람들이 정말 많다는 것을 깨달았다. 그리고 장애인들은 엄청난 비난의 두려움을 가지고 있는 것도 알게 되었다. 아마도 우리 사회가 장애인들에 대해 편견을 가지고 있어서 그런 것이 아닐까 생각한다.

그래도 지금은 진짜 많이 좋아진 것 같다. 불과 몇 년 전만 해도 장애인을 이방인 대하듯 하는 것을 여러 번 보았기 때문이다. 나는 요금소에서 장애가 있는 고객들을 만날 때면 더욱 친절하게 대하려고 노력했다. 동병상련이라고, 그 마음을 너무도 잘 알기에 퇴직할 때까지 최선을 다했던 것 같다.

내가 장애로 인한 비난의 두려움을 극복하게 된 것은 나를 사랑하는 법을 알고부터다. 나라는 존재는 소중하다는 것을 인식하고부터다. 장애는 감추어야 하는 초라함이 아니고 다른 사람보다 조금 불편한 것뿐이라는 것을 알고부터다.

그 후로 나는 인테리어필름 기술을 배워 현장에서 일할 때도 사장님께 미리 말씀을 드렸다. "사장님, 저 귀가 안 좋아서 보청기를 착용했어요. 그러니 중요한 일에는 꼭 다시 한번 말씀을 주셔야 해요"라고 말이다. "하하하, 농담도 잘하네요. 벌써 할머니 됐네요, 그려"하며 대부분 내 말을 믿지 않았다.

예전의 나였다면, 상처받고 우울한 마음으로 일했을 것이다. 하지만 나는 믿지 못하는 사장님께 직접 보청기를 보여주며 "이거예요. 할머니 보청기요"라며 귓속을 보여줬다. "아이고, 미안해요. 진짜였네. 어쩌다 벌써 보청기를…"이라며 멋쩍은 표정으로 미안해하기도 했다.

현장에서 일하다 보면 여러 에피소드가 많다. 나만 장애가 있다고 불평불만을 가진 것이 정말 부끄러운 생각이었다는 것도 현장에서 알게 되었다. 어느 날이었다. 현장에서 20대 후반쯤 되는 여자분을 만났는데 그녀도 나처럼 보청기를 하고 있었다. 나는 타국땅에서 동지를 만난 것처럼 반가웠다. 동병상련이라고 우리는 금세 친해졌다.

그녀는 중이염을 앓아서 보청기를 하게 되었다고 했다. 우리는 못 들는 애로사항으로 인한 웃기고 슬픈 사연들을 마구마구 쏟아냈다. 그녀는 못 들어서 내뱉는 다른 사람들의 비난을 들을 때가 제일 상처라고 말했다. 나는 그녀를 볼 때마다 예전의 내 모습을 보는 것 같았다. 본인이 스스로 가지고 있는 편견이 보였기 때문이다. 남들이 장애인이라고 안 좋게 볼 것이라는 편견 말이다. 설사 그런 편견이 있더라도 그것은 그 사람이 가지고 있는 편견이다. 나와는 아무 상관이 없는 것이다.

"권 여사, 보청기 배터리 나갔어? 오늘은 왜 그렇게 못 들어?" 답답한 사장님이 한소리한다. "사장님! 오늘은 보청기가 사장님 말이 듣기 싫은가 보네요. 잘 못 듣는 걸 보니" 나도 답답하니 받아쳤다. "하하하, 아이고 보청기가 화가 났나?" 보청기를 착용해도 못 들을 때 현장에 있는 사장님은 답답한 나머지 무안을 줄 때가 더러 있다.

대부분 청각장애로 보청기를 했다고 말하면 보청기를 했으니 정상적인 사람과 똑같이 잘 들을 거라고 생각하는 사람들이 많다. 제발 그랬으면 좋겠지만 보청기는 안경과 다르다. 내 생각에 보청기가 40% 정도 도움은 주는 것 같다. 이 40%라도 들 수 있으니 얼마나 감사한 일인가? 사장님과 이런 대화를 주고받는 모습을 본 그녀는 내게 사장님들한테 저런 소리 들으면 기분 안 나쁘냐고, 어떻게 농담으로 잘 받아치냐고 물었다. 나는 그녀의 마음도 이해가 되고 사장님 마음도 이해가 되었다. 하지만 비난을 두려워하다 보면 자신만

한없이 초라해진다. 나는 그녀도 장애로 인해 다른 사람들이 비난할 것이라는 두려움에서 어서 빨리 벗어나 자신을 사랑하길 바랐다.

작년 이맘때인 것 같다. 고향 친구 J집에 놀러간 적이 있었다. J는 나랑 공장과 야간 고등학교를 같이 다녔던 죽마고우다. 야간 학교를 졸업하고 몇 년 만에 만났을 때, 나는 J를 보고 적잖게 놀랐다. 담배를 피운다는 것이다. 그때 당시 여자가 담배를 피운다는 것은 사회 분위기상 안 좋은 이미지가 있었기 때문이다. 더군다나 J는 정말 여자 중의 여자라고 해도 과언이 아닐 정도로 순하고 조용하고 착한 친구였다.

너무도 달라진 J의 모습에 나는 이유를 물었다. J는 친구 따라 호기심에 피운 게 그렇게 된 것이라고 말했다. 하지만 내가 화가 난 것은 담배 때문이 아니라 몰래 숨어서 쪼리고 앉아 정신없이 피우는 모습 때문이었다. 왜 그렇게 몰래 숨어서 피우냐고 물으니 습관이 되어서 그렇다는 것이다. 여자가 담배 피운다고 사람들이 비난할까 봐 두려워서 이렇게 피우게 되었다고 했다. 나는 건강을 생각해서 끊었으면 좋겠지만 그렇게 못할 바에는 당당하게 피우라고 했다.

누구의 삶도 아닌 내 삶이다. 내 삶의 선택에 비난을 두려워하지 말자.

두려움을 인정할 용기가 필요하다

우리는 어떤 일에 도전하거나 선택할 때 두려움을 갖는다. 대부분 실패할까 봐, 더 나아가서는 잘못될까 봐 불안한 마음에 그렇다. 그런 까닭에 도전을 못 하거나 아예 안 하기도 한다. 그러다 뒤늦게 '그때 해볼걸…' 하면서 도전을 안 했던 것을 아쉬워하기도 하고 후회하기도 한다. 그런데 사실 두려움을 무릅쓰고 도전해보면 생각했던 것보다 두려워할 일이 크게 없다는 것을 알게 된다.

초등학교 고학년 때인 것 같다. 오빠가 타고 다니던 자전거였는지 집에 큰 자전거가 있었다. 나는 오빠들이 자전거 타는 모습을 보고 멋있다고 생각했기에 타보고 싶었다. 하지만 너무 두려웠다. 그때는 그 감정이 두려움인지 몰랐다. 무섭다는 표현이 더 맞는 것 같다.

초등학교 들어가기 전이었는지 큰오빠가 어린 나를 자전거 뒤에

태우고 동네 한 바퀴를 돌았던 기억이 난다. 나는 뒤에서 무서웠던 지 오빠 허리를 잡고 모르고 발목을 자전거 바퀴에 넣었다. 살갗이 바퀴 체인에 걸려 피가 철철 흘렀다. 그런데도 오빠한테 아무 말을 못 했다. 아프다는 말도 피가 난다는 말도 못 했던 것 같다. 지금 생각해보면 나는 그때 큰오빠를 굉장히 어려워했었던 것 같다.

내 발목에 피가 흐르는 것을 본 큰오빠는 너무 놀라 왜 말을 안 했냐고 혼내면서 피가 나는 발목의 상처를 치료해준 기억이 난다. 지금도 내 왼쪽 발목은 그때의 커다란 흉터가 자리 잡고 있다. 그때의 기억으로 자전거를 보면 두려움이 있었다.

그랬던 내가 고학년이 되어서 자전거를 타고 싶다는 생각이 들었다. 나는 오빠가 타고 다니는 자전거로 연습하기 시작했다. 처음에는 두렵고 무서워서 포기할까 싶었다. 그리고 중심 잡기가 너무 힘들어 자꾸 넘어져서 무릎도 까지고 멍도 들었기 때문이다. 하지만 무슨 마음이었는지 무조건 자전거를 타고 동네를 돌고 싶은 마음이 강했다.

그 모습을 지켜보던 막내 오빠가 자기도 배우고 싶었는지 같이 연습하자고 했다. 나는 오빠랑 같이 서로 뒤에서 잡아주면서 열심히 연습했다. 운동신경은 내가 오빠보다 더 좋았던 것 같다. 초등학교 가을 운동회 날 달리기 경주을 할 때마다 나는 항상 1등으로 공책을 많이 타왔지만, 오빠는 상품을 하나도 받지 못했다.

　그것을 증명이라도 한 듯 나는 오빠보다 자전거를 먼저 탈 수 있게 되었다. 그 뒤로 나는 자전거를 탈 때마다 지나가는 동네 어른들과 아이들한테 환호를 받았다. 그 당시 자전거를 타면서 달리던 스릴감은 아직도 잊을 수가 없다. 두려움이 자신감으로 바뀌던 순간이었다. 너무 행복했다. 그때의 도전 때문이었는지 자동차 운전면허도 용기를 내서 연습하니 어렵지 않게 취득할 수 있었다. 우리가 어떤 일에 도전할 때 그 결과가 성공이든 실패든 상관없이 두려움과 맞섰다는 것 자체가 큰 수확이지 않을까? 반대로 두려움 때문에 도전하지 않았다면 그건 이미 처음부터 실패다.

　도전하지 못하고 행동에 옮기지 못하는 데는 심리적인 두려움도 한몫하는 것 같다. 오래전에 신문에 난 기사를 읽은 적이 있다. 큰 배에 있는 냉동고에 갇힌 사람이 항구에 도착해서 보니 사망했다는 기사였다. 하지만 냉동고는 작동되지 않았다는 이야기다. 그 사람은 심리적인 두려움으로 사망한 것이다. 본인은 냉동고에 갇혔으니 곧 얼어 죽을 거라는 생각의 두려움이 실제 사망으로 이어진 것이다. 그런가 하면 곧 죽음을 앞둔 사형수에게 눈을 가리고 "네 목의 동맥을 끊어 처형한다"라고 말하고는 따뜻한 물을 방울방울 그 목덜미에 떨어뜨렸더니 진짜로 그 사형수가 두려움과 공포에 질려 죽었다는 내용도 있었다.

나는 그 기사 기사를 읽으면서 어떻게 보면 질병으로 죽은 사람보다 두려움으로 죽은 사람이 더 많을지도 모른다고 생각했다. 왜냐면 나도 내가 가진 두려움으로 인해 더 아팠던 적이 있었기 때문이다.

　어렸을 때다. 추운 겨울밤이었다. 막내 오빠가 감기가 심했는지 엄마가 나보고 2㎞나 떨어져 있는 의사 할머니 집에 가서 오빠 감기약을 타오라고 했다. 나는 너무 무서웠다. 그곳을 가는 중간지점에는 정자가 있고 그 옆에는 두 그루의 큰 느티나무와 은행나무가 있었다. 시골은 가로등도 없다. 옛날 시골의 겨울밤 풍경을 안 본 사람은 모를 것이다. 어린 내게는 두려움 그 자체였다.

　하지만 엄마 사랑을 너무 받고 싶었던 나는 싫다고 말을 못 하고 혼자서 두려움을 안고 터벅터벅 밤길을 걸어갔다. 약을 타고 돌아오는 길에 내가 무서워하던 정자가 있는 곳에 왔을 때다. 하필이면 그때 찬 바람이 불었다. 뒤에서 누가 나를 부르면서 따라오는 것 같이 느껴져서 냅다 뛰었다. 어떻게 집까지 달려왔는지 모른다. 집에 도착하니 추운 겨울이었는데도 온몸이 땀으로 흠뻑 젖어 있었다.

　다음 날 나는 고열로 오빠보다 더 아픈 신세가 되어 끙끙 앓았다. 그때 기억이 아직도 잊히지 않는다. 고열로 헛것을 본 건지, 꿈을 꾼 건지 우리 집 안방의 커다란 창문이 있는 밖에서 〈전설의 고향〉에 나오는 검은 갓을 쓴 저승사자가 나를 쳐다보고 있었다. 지금도 그

어릴 때 본 저승사자 생각을 하면 정말 아찔하다. 그때 두려움으로 아팠던 경험이 어른이 되어서도 잠재해 있었던 것 같다.

18살 때다. 심부전증으로 갑상샘에 문제가 생겨 한쪽 눈이 튀어나오는 증상이 생겼다. 내가 봐도 내 눈이 너무 무서웠다. 이러다 눈알이 빠질 것 같았다. 미관상 안 좋으니 대학병원 의사 선생님은 보호안경을 권했고 일주일마다 피검사를 해야 했다. 약은 2년간 먹어야하며 한번 나온 눈은 정상적으로 들어가기 쉽지 않다고 했다. 그 소리를 듣고 많이 우울했다.

약은 또 얼마나 독한지 속이 울렁거리고 토할 것 같았고 실제로 토하기도 했다. 도저히 먹을 수가 없었다. 약을 먹을 때마다 고통이 수반되었다. 그러다 난 몰래 약을 버리기도 했고 안 먹고 숨기도 한 탓에 약봉지가 수북이 쌓였다.

어느 날, 큰오빠가 그 약봉지를 보았는지 내게 약을 왜 안 먹느냐고 했다. 나는 너무 독해서 못 먹겠다고 했다. 내 말을 들은 큰오빠는 큰 결단을 한 것 같았다. 과거에 귀 때문에 살림을 다 때려 부수며 엄마한테 화내던 모습이 내가 약을 안 먹어서 화를 낸 모습보다 훨씬 약했다고 느낄 정도였다. 아마도 나를 살리기 위한 방법이었을 것이다. 그 후로 나는 한 번도 안 거르고 약을 꼬박꼬박 먹었다. 2년 후 눈도 들어가고 갑상샘도 정상적으로 돌아왔다.

두려움이 두려움인 줄 알고 용기를 내면 낸 만큼 반드시 좋은 결과가 나온다는 것을 알게 되었다. 큰오빠는 그렇게 내게 큰 은인이 되어주었다.

또 하나 두려움을 자신감으로 바꿔서 성취한 것 중의 하나는 바로 지금 타자를 하고 있는 키보드다. 상고인 야간 고등학교에 다니며 부기, 주산, 타자 자격증을 취득해서 취업을 나가는 학생들이 있었다. 나는 졸업장 취득을 목적으로 고등학교에 간 것이기 때문에 공부에는 별 큰 관심이 없었다. 더군다나 잘 듣지도 못했기에 선생님의 수업 설명은 내게 무용지물이었다. 그래도 반장이라는 타이틀이 있다 보니 자격증이라도 있어야겠다는 생각이 들었다. 하지만 잘 듣지를 못하는데 이해까지 하려니 정말 힘들었다. 엄청난 용기가 필요한 일이었다. 힘들게 부기 자격증을 취득했다.

하지만 내가 유일하게 재미있게 한 것은 타자였다. 배우면서도 신기했다. 손가락으로 글자를 치면서 문장을 만들고 점점 빨라지는 손가락 모양이 멋지다는 생각이 들었다. 또 타자는 주산 부기와는 다르게 눈으로 보고 손가락을 움직여 빠르게 치면 되는 것이었기에 못 듣는 내게 딱 맞았다. 그렇게 타자 자격증을 취득해서 정말 기분이 좋았다.

그런데 아이러니하게도 타자 자격증 취득 이후에 나는 한 번도 타자를 친 적이 없다. 그럴 일이 주어지지 않았기 때문이다. 그렇게 타자 자격증은 책장 속에서 내내 잠자고 있었다. 하지만 세월이 흘러 30년이 지난 지금, 나는 그때의 타자 자격증의 기술 감각으로 지금 이렇게 타이핑을 치고 있다.

나는 이 기술로 책을 쓰는 작가가 되어 선한 영향력을 줄 수 있는 사람이 되어야겠다고 결심했다. 지금도 30년 전 타자기의 탁탁탁 소리가 그리움과 함께 귓가에서 맴도는 것 같다.

내가 나를 존중해야 타인도 나를 존중한다

"아저씨, 무슨 띠예요? 내가 운세 봐줄게요."

조선일보 신문에 나와 있는 오늘의 운세를 보던 중, 옆자리에 앉아 있는 남자 K한테 물었다.

"나 용띠인데 왜? 오늘은 내 운세가 좋은가?"

신문으로 눈을 돌리며 K는 내게 말했다.

"어디 보자, 용띠라…, 와! 오늘 아저씨 운명의 상대를 만나는 날이라네요."

손뼉을 치며 내가 말했다.

"내가 오늘 운명의 상대를 만난다고? 이런 걸 믿어? 이런 걸 믿으니 나를 믿는 게 낫지"라며 K는 어이없다는 듯이 밖으로 나가버렸다.

K는 내가 야간 고등학교를 다닐 때 늦게 군대를 제대하고 취업할

곳이 없었는지 큰형의 소개로 공장 관리자로 들어왔다고 했다. 말이 관리자지, 하는 일은 별거 없었다. 사장님 비서 같은 역할이었다. K의 운세를 봐주던 나는 운명의 상대가 내가 될 거라고는 상상도 못 했다.

K는 유머 있는 사람이었지만, 수줍은 면도 있었고 부정적인 면도 있었다. 하기 싫은 일을 억지로 하는 듯한 모습을 자주 보였다. 간혹 K는 나와 직장 동료들에게 밥도 사주고 친하게 지냈다. 나는 K를 아저씨라고 불렀다.

지금이야 7살 차이가 별거 아니지만, 그때는 차이가 크게 나는 때였다. 그래서 아저씨로 불렀지만, 남편이 될 줄 알았으면 진작에 오빠라고 했을 것이다. 그러면 더 알콩달콩 다정한 연애를 할 수 있지 않았을까. K는 내가 잘 못 듣는 게 안타까워 보였는지 유독 내게 잘해주었다. 그렇게 우리는 매일 보는 공장에서 정이 들었다. 내가 졸업하고 취업을 고민하던 시기에 K는 나에게 보청기를 선물로 사주었다.

나는 정말 크게 감동했다. 왜냐면 그때 당시 보청기 가격이 정말 만만치 않았기 때문이다. 공장을 떠나 백화점으로 취업하는 내게 K는 보청기를 선물하며 주눅 들지 말라고 했다. 그리고 K도 내가 없는 공장을 떠나 서울로 다른 일자리를 알아본다며 떠났다.

보청기의 감동으로 먼 거리지만 우리는 편지를 통해 사랑을 이어갔다. 나는 K가 사준 보청기를 착용하며 적응했다. 처음이라 불편한 점이 많았다. 사람 말소리보다는 주변 자동차 소리, 전화벨 소리, 물건 부딪치는 소리, 바람 소리 등이 크게 들려 정말 정신이 하나도 없었다. 차라리 착용을 안 하는 게 더 나을 때도 있었다. 하지만 안 하는 건 또 두려웠다. 나는 청각장애가 있기에 보청기를 해야 그나마 심리적으로 안정될 것 같았다.

백화점 생활을 2년쯤 할 무렵이다. K가 대전으로 내려오게 되었다. 어머니께서 평소에 지병이 있으셨는데 K가 3남 2녀 중 막내다 보니 다른 형제들은 다 결혼하고 잘 살고 있는데, K만 아직 결혼도 못 하던 중에 어머니께서 막내아들 결혼하는 거 보고 죽었으면 좋겠다고 하시며 아들 결혼을 서두르고 있다는 것이다.

할 수 없이 K는 나를 어머니께 인사시키기로 했다. 나는 어머니께 인사를 드리러 가면서 엄청난 두려움이 또 몰려오기 시작했다. K가 내 장애를 말했는지도 모를뿐더러 물어볼 수도 없었다. 그때는 그렇게 나를 소중하게 생각하지 않았다. 장애가 있는 사람은 떳떳하지 못한 사람이라고 나를 낮추며 살고 있었다. K 또한 내 장애를 대수롭지 않게 생각하고 있었다는 것을 결혼하고 나서 알게 되었다. 어머니께서는 처음 보는 나를 예뻐해주셨다. K의 어머니는 당신 키가 작아서 그랬는지 키가 큰 나를 좋아해주셨고, 말도 싹싹하게 잘하고 붙임성이 있어 좋다고 하셨다.

나는 한마디라도 잘 들으려고 온 정신을 입 모양을 보는 데 집중했다. K랑 둘이 있을 때는 내가 못 들어도 마음이 편했지만, 처음 보는 K의 식구들 속에 있는 나는 불편한 가시방석이었다. 어서 빨리 그곳에서 벗어나고 싶었다.

우리는 K의 어머니 소원대로 빨리 결혼을 해야 했다. 그때 당시 내가 살고 있는 시골집에는 3사관학교 대위로 예편을 한 큰오빠가 있었다. 새언니와 애들이 있는 집으로 가지 못하고 우리 형제가 있는 시골집으로 온 것이다.

소령으로 승급해야 했는데 청각장애가 있는 오빠는 거기에서 발목이 잡힌 것이다. 그러니 그때 오빠 마음도 하늘이 무너지는 심정이었을 것이다. 그때 오빠랑 결혼문제에 대해 상의를 했다. 오빠는 말이 없었다. 막내 여동생이 일찍 결혼하는 것이 걱정도 되었지만 해줄 수 있는 돈도 없으니 오빠로서 착잡했을 것이다. 거의 K의 집에서 결혼 비용을 부담하는 쪽으로 이야기가 되었다. 결혼 예물도 K의 누님이 해주셨고, 신혼집도 K의 부모님 집으로 들어가서 2년 동안 살다가 돈을 모아서 나오자고 했다. 나는 K가 하자는 대로 따랐다. 나는 나 스스로를 존중하지 못했다는 것을 나중에 살아가면서 알게 되었다.

제주도로 신혼여행을 가서도 나는 즐겁지 않았다. 이 여행을 끝으로 시부모님과 같이 살아야 한다는 생각에 비행기를 타고 오는 내내 걱정이 되었다. 그냥 같이 살아도 불편한데 내가 장애가 있다 보니 너무나 큰 압박과 부담으로 느껴졌다. 그만큼 나는 나라는 존재를 부정하고 있었다. 이런 내가 싫었다. 나 자신을 못난 사람으로 여긴 것이다.

어머니께서는 내 장애를 알게 되셨고, 생각했던 것보다 더 못 듣는다고 느꼈는지 간혹 상처가 되는 말씀을 서슴없이 내뱉으셨다. 지금 생각하면 유연하게 넘어갈 수 있었던 말도 그때의 나는 한마디, 한마디가 깊은 상처가 되어 몰래 운 적이 많았다.

결혼하고 얼마 지나지 않을 때였다. 백화점 퇴근 후에 남편과 함께 술 한잔하고 집에 들어갔는데, 아버님과 남편 사이에 말다툼이 생겼다. 아버님은 아들과 며느리가 늦게까지 술 먹고 다니는 것을 몹시도 싫어하셨다. 그러고는 내게 백화점을 그만두고 집에만 있으라고 했다. 나는 순간 심장이 오그라드는 것 같았다. 집을 나와서 직장에 있는 것이 그나마 숨을 쉬는 건데 직장을 그만두라고 하니 아찔했다.

며칠 후 나는 장애인으로 사는 결혼 생활도, 직장 생활도 너무 힘든 나머지 술을 많이 마신 후 남편을 불러 큰오빠가 있는 시골집으로 데려가 달라고 떼를 썼다. 남편은 밤이 늦었으니 안 된다고 했지만 내 똥고집을 막지는 못했다. 남편은 나를 차에 태워 시골집으로 달렸다. 그사이 나는 차에서 남편한테 사는 게 힘들다고 있는 말 없는 말 다 쏟아냈다. 시골집에 가면 큰오빠한테 속에 있는 이야기를 다 할 작정이었다. 오빠가 그 옛날 엄마한테 퍼부었던 것처럼, 나도 그래야겠다고 생각했다. 결혼 생활이 너무 힘들다, 잘 못 듣는 귀로 사는 게 너무 고통이다, 죽고 싶다 등등 다 쏟아부으려고 작정하고 갔다.

다행히 시골집은 적막이었다. 큰오빠도 막내 오빠도 이런 내가 올 줄 알고 피했는지, 그것도 아니면 오빠도 사는 게 너무 힘들어서 어디서 술 한잔을 하고 있었는지, 그날은 아무도 시골집에 들어오지 않았다. 나는 아무도 없는 마당에 털썩 주저앉아 한참을 과거의 엄마처럼 펑펑 울다가 남편과 함께 집으로 돌아왔다. 지금도 그때 일을 생각하면 큰오빠가 집에 없었던 것이 얼마나 다행이고 감사한 일인지 모른다. 안 그랬으면 나는 또 오빠 가슴에 멍을 추가하는 동생이 되어 오빠도 나도 죄책감으로 힘들었을 것이다.

나중에 안 일이지만 그때 큰오빠는 공주에 있는 사찰에 들어가서 공부를 하고 있었다고 한다. 공부를 잘했던 오빠는 그나마 오빠가 할 수 있는 공부로 도전한 것이다. 오빠는 마음을 독하게 먹고 사찰에서 심기일전해 예비군 중대장 시험을 보았다. 승급을 못 하고 떨어진 군인들이 이 시험을 많이들 본다고 했다. 그만큼 시험이 어렵고 경쟁률도 높다고 한다. 다행히 오빠는 이 시험에 합격했다.

장남인 큰오빠가 굶어 죽지 않을 공무원 시험에 합격해서 우리 5형제는 축제 아닌 축제를 벌였다. 오빠는 자신을 소중하게 존중했기에 큰 도전을 한 것이 아닐까 생각한다. 오빠는 동생들에게 아주 멋진 도전을 보여준 것이다. 새언니도 조카들도 나도 오빠를 소중하게 우러러보았다. 내가 나를 존중하면 타인도 나를 존중한다는 것을 나는 오빠를 통해서 알게 되었다.

장애는 나를 알게 하는 축복이었다

"동학사나 갑사에 가서 21일간 2시간 동안 무조건 절만 하세요."

내가 40대 초반에 남편 몰래 거액을 투자해 다 잃고 허리까지 안 좋은 상황에 크게 상심하고 있을 때 오대산에서 공부 좀 했다는 분이 카카오스토리를 통해 그런 말을 했다. 병원에 입원했을 때는 '법륜스님의 소식 받기', '혜민 스님의 소식 받기'가 카카오스토리에서 유행처럼 번지고 있었다.

세상에는 마음과 물질적인 고통으로 인해 공부하는 사람들이 많다는 것을 그때 알았다. 얼굴은 모르지만 자기만의 방식으로 자기 삶을 카카오스토리에 낱낱이 보여주는 사람도 있었다. 나도 나의 상황을 있는 그대로 일기 형식으로 올리고 있었다. 투자했다가 돈도 날리고 청각장애까지 있어 힘든데 엎친 데 덮친 격으로 허리까지 안 좋아서 걷지도 못하고 있다고 했다.

어쩌면 나를 모르는 사람들이니 더 오픈했는지 모른다. 또 너무 답답한 마음에 어떻게든 마음의 안정을 찾고 싶었다. 한 분이 내게 전생의 업이 크다면서 업장을 풀어야 한다고 했다. 정성을 들이라고 했다. 그러면 앞으로 살길이 열릴 거라며 말이다. '정성'이라는 말에 교회에 다녔던 일이 생각났다.

내가 처음으로 하나님 존재를 알게 된 것은 초등학교 5학년 때였던 것 같다. 젊은 전도사 부부가 옆 동네에서 개척교회를 시작했다. 그 교회의 홍보 문구를 보았는지 옆집 평순이가 맛있는 과자와 빵도 준다면서 같이 가보자고 했다. 나는 교회가 어떤 곳인지 몰랐지만, 과자와 빵을 준다는 말에 좋아하며 평순이를 따라갔었다.

교회에서는 하나님은 보이지 않는 분이라고 했다. 또한, 하나님의 아들이 예수님이라는 말도 들려주었다. 젊은 전도사님은 많은 사람 앞에서 성경책을 읽어주며 하나님, 예수님을 찬양해 마지않았다. 나는 그때까지 하나님과 예수님이 성경 속에만 나오는 그런 분들인 줄 알았다.

어느 날, 교회 전도사님이 영화를 보여준다고 해서 친구들과 같이 시내 영화관으로 갔다. 태어나서 처음 영화를 보는 거라 무척 신기하고 떨렸다. 그날 <모세의 기적>, <노아의 방주> 이렇게 두 편의 영화를 보았다. 커다란 스크린 속에서 사람들이 움직이는 장면은 굉장하다 못해 신기하기까지 했다.

나는 이 두 편의 영화를 보고 난 후 하나님은 어떤 분이고, 또 예수님은 어떤 분인지 자세히 알게 되었다. 그렇게 곧 하나님과 사랑에 빠져버렸다. 성경에 어떤 방대한 이야기가 적혀 있는지, 또 그 내용이 모두 진실인지 어떤지 나는 알지 못했다. 그냥 그날 그 영화의 한 장면으로 인해 나는 저절로 하나님을 믿게 되었다.

그날부터였던 것 같다. 내가 새벽기도를 다니기 시작한 것은. 그 여름날 새벽, 예쁘게 반짝거리는 별을 한참 바라보다가 하나님께 기도하러 교회에 갔었던 게 기억난다. 그리고 그때 이렇게 고백했다. "하나님, 제가 하나님을 사랑합니다." 보이지 않는 존재를 보이는 것처럼 사랑할 수도 있다는 것을 그때 처음 알게 되었다.

난 하나님과 사랑에 빠져 교회를 떠날 때까지는 정말 정성을 들였다. 비록 그 사랑이 오래가지는 않았지만 말이다. 하지만 지금도 그때 내가 느꼈던 사랑의 감정은 마치 어제처럼 생생하게 내 가슴속에 남아 있다.

'사람은 원래 달을 가리키면 달을 바라보는 것이 아니라 달을 가리키는 손가락을 본다'라는 말이 맞다는 것을 커가면서 자연스럽게 알게 되었다. 하나님의 말씀보다는 하나님을 믿는 사람들의 말 때문에 상처를 받으며 마음의 문을 닫았다. 그렇게 교회는 나랑 멀어져갔다.

교회를 떠나 나는 내가 왜 장애를 가지고 태어났는지, 내가 누구인지, 어디에서 왔다가 어디로 가는지, 정말 전생은 있는지, 그렇다면 전생을 풀어서 장애도 나을 수 있는 건지 그런 것들이 궁금했다. 그러던 어느 날, 아파트 우편함에 들어 있던 《소원을 성취한 사람들》이라는 책자를 보게 되었다. 그 책에는 귀가 안 들리는 어느 보살이 부처님께 용맹 기도를 해서 나았다는 체험사례가 실려 있었다.

나는 그곳이 어떤 곳인가 궁금했기에 가서 큰스님을 친견했다. 그리고 그곳에서 하라는 대로 정성을 다해 모범생 신도 역할을 5년 이상 했다. 행복하지 못했던 결혼 생활 때문에 더욱더 사찰에 의지했던 나는 또 한 번 신도들에게 상처를 받고 모범생 역할을 끝내게 되었다.

이곳저곳에서 상처받은 마음을 안고 나는 동학사로 걸음을 재촉했다. 21일 동안 3교대 근무를 하면서 하루도 거르지 않고 아픈 다리를 질질 끌며 매일 2시간씩 울면서 절했다. 온갖 서러움의 눈물이었다. 무엇인지 모를 답답함에 서럽게 울었다.

21일 기도를 마치고 내려오는 날, 젊은 남녀가 다정하게 손을 잡고 걸어가는 모습을 본 나는 그 자리에 털썩 주저앉아서 한참을 울었다. 갑자기 나도 모르는 뜨거운 눈물이 쏟아졌다. 가슴 밑바닥에서 먹먹함이 올라와서 내 가슴을 주먹으로 치지 않고는 견딜 수가 없었다.

나중에 안 일이지만 그것은 내가 나에게 보내는 절절한 사랑의 그리움이었다. 그런 소박한 사랑을 나는 간곡히 원하고 있던 것이다. 그때는 몰랐던 그 마음을 토닥토닥 가슴을 어루만져주며 내려왔다.

'안 좋은 추억은 있어도 안 좋은 경험은 없다'라는 말이 있다. 그만큼 어떠한 경험도 다 소중한 지혜가 된다. 나는 동학사 21일 절 기도를 끝낼 무렵에 어느 분이 걸어준 링크를 통해서 경기도에 있는 불교 선원을 알게 되었다. 링크를 타고 가서 보게 된 법문 내용이 특이하다는 생각에 찾아갔다.

첫 법회에 참석하는 날, 사람들의 대기 줄에 굉장히 놀랐다. 세상에는 마음이 힘들어 고통스럽게 사는 사람들이 많다는 것을 그날 긴 줄을 보고 알았다. 나는 법회 첫날부터 이유 없이 터져 나오는 눈물 때문에 당황했다. 내가 흘려야 할 눈물이 아직도 이렇게 많았나 싶었다.

그렇게 한참 동안 울다가 법회를 마치고 집으로 오는데 또 눈물로 앞이 안 보여 도저히 운전을 할 수 없어 기흥휴게소에 주차하고 1시간을 울었다. 다시 출발했지만 안성휴게소에서 1시간 울고 죽암에서 또 1시간 울고 그렇게 휴게소마다 울다가 집으로 왔다. 아마도 내가 평생 흘린 눈물보다 그날 흘린 눈물이 더 많았을 것이다.

그 눈물은 어린 시절부터 둘째 오빠한테 맞았던 분노와 아픔과 사랑받지 못해 느끼는 외로움, 그리고 커가며 장애로 받은 상처로 나라는 존재를 철저히 외면했던 데서 온 살고 싶은 눈물이었다. 그 눈물로 나는 점차 나를 알아가게 되었다.

학창 시절, 학교 공부에 뜻이 없었던 나는 어른이 되어서 배우는 불교 마음공부가 너무 신기했고 재미있었다. 마음으로 못 이룰 것이 없다는 이 공부에 푹 빠져 있었다. 마냥 행복했다. 그리고 차원 높은 공부를 알고 계신 스님을 한없이 우러러보게 되었다. 3교대를 하며 열정을 가지고 선원 공부를 해나갔다.

이런 나를 스님께서는 눈여겨보셨는지 특별히 신경을 써주셨다. 공부가 너무 재미있고 행복했던 나는 주변 사람들에게 적극적으로 홍보도 했다. 그렇게 나와 함께 몇 년 동안 같이 공부한 친구도 있었고, 별로 좋은지 모르겠다며 거절 의사를 표현한 친구도 있었다.

나는 마음공부를 해서 내가 하고 싶은 것, 이루고 싶은 것을 다 이룰 거라는 무언의 선전포고를 하면서 7년을 다녔다. 무엇보다 내가 원하는 행복한 삶을 살고 싶었다.

어느 날이었다. 말도 안 되는 선원 카페 공지로 인해 아수라장이 되었다. 신처럼 떠받들었던 스님이 신도들한테 돈을 빌려 주식 투자를 하다가 퇴출당했다는 것이다. 충격으로 마음이 혼란스러웠다. '이런 분한테 배우면서 7년이라는 시간을 보냈나?' 너무 큰 배신감과 허탈감이 몰려왔다. 나는 허공을 향해 고래고래 소리를 질렀다. 이 공부로 인해 한 가정이 무너지고 박살이 났다며 아무도 들어줄 사람 없는 허공 속에서 나는 고함을 치고 있었다.

7년이라는 세월이 필름처럼 스쳐 지나갔다. 다들 내게 손가락질하는 모습이 보였다. 하지만 나는 알았다. 허공을 향해 친 고함은 내가 나한테 하는 것이었음을 말이다. 이 사건을 계기로 진정한 나를 알게 되었다.

이런 경험이 없었다면 나는 진짜 신의 사랑을 몰랐을 것이고, 내가 장애로 태어난 이유도 모른 채 이번 생을 마감했을 것이다. 내가 장애로 세상에 온 이유를 알게 되었다. 무엇보다 장애가 있는 나 자신을 온진히 사랑하는 것부터가 삶의 출발점이라는 것을 알게 되었다. 이제는 안다. 장애는 나를 알게 하는 신의 사랑 가득한 축복이라는 것을 말이다.

제3장

혼자
아픈 사람은
없다

나보다 더 아픈 사람도 있다는 것을 아는 것

멀리서 보는 숲은 멋있다. 산 정상에서 내려다보는 숲도 멋있다 못해 웅장하다. 하지만 가까이서 보면 실망할 때도 있다. 사람도 마찬가지인 것 같다. 겉으로 보기에 행복해 보이고 웃음도 많아 아무 고민도 없을 것 같은 사람도 가까이에서 보면 겉으로 보기와는 다르게 아픈 사연이 있다는 것을 알고는 놀라움을 금치 못할 때가 있다.

내가 야간 고등학교에 다닐 때다. 웃음도 많고 공부도 잘하는 나보다 1살 어린 H라는 친구가 있었다. 내가 다니는 야간 학교에는 나이가 많은 친구들도 꽤 있었다. 나도 그중 한 명이었다. H는 내게 언니라고 불렀다. H는 유독 나를 잘 따랐다.

그날은 여름방학 기간 중 일요일이었다. H가 내게 자기네 시골집이 영동인데 같이 가자고 했다. 부모님이 포도 농사를 한다며 포도도 먹고 냇가에서 다슬기도 잡자고 했다. 나는 좋다고 했고, 우리는 시간 가는 줄도 모르고 수다 삼매경에 영동을 향했다.

드디어 H의 집에 도착했다. H의 부모님이 나오셨다. H는 환한 웃음과 함께 부모님을 꼭 안아주었다. 부모님도 같이 환한 웃음으로 반겨주셨다. 나는 그 모습을 보고 많이 놀랐다. H의 부모님은 듣지도 말하지도 못하는 농아 장애를 가지신 분이셨다. 그제야 H가 왜 나한테 유독 잘해주고 따랐는지 알게 되었다. 부모님께서 그런 장애가 있으니 타인의 아픔을 누구보다 잘 알고 있는 것이다.

H는 부모님 때문에 어렸을 때는 정말 슬프고 우울했다고 한다. 부모님이 말을 못 하시니 세상이 너무 조용했다고 한다. 하지만 다행히 언니하고 남동생 둘은 정상이라 형제들끼리 소통하면서 자랐다고 한다. 그래도 부모님하고 한 번쯤은 소리로 대화하는 게 소원이라고 했다. 본인도 마음이 아프지만 정작 부모님의 마음은 얼마나 답답할까 생각하면 돈 많이 벌어서 시골에서 포도 농사로 힘들게 고생하는 부모님을 호강시켜드리고 싶다고 했다. 나는 그 후부터 H가 다르게 보였다. 너무 생각이 깊고 어른스러워 보였다.

세상에는 나보다 더 아픈 사람도 있다는 것을 그때 처음으로 알게 되었다. 지금은 소식이 끊겨 어디서 어떻게 지내고 있는지 궁금하고 몹시 그립다. 다시 만난다면 H를 꼭 안아주고 싶다.

"은겸아, 너 당장 갑상샘 검사 먼저 해봐라. 지금 허리보다도 갑상샘이 먼저다. 응?"

5년 전에 고질병으로 허리에 또 문제가 생겨 다시 한방병원에 입원했을 때다. 허리가 안 좋은 사람들한테 신발에 넣는 깔창으로 척추를 좋아지게 한다는 것이다. 지인 언니가 내가 걱정되어서 깔창을 하라고 반강압적으로 발 도장을 찍게 했는데, 발 도장을 찍은 그림을 보면 병명을 알 수 있는지 갑자기 화를 내며 갑상샘이 시급하다고 빨리 검사를 받아보라고 했다. 나는 평소와 다른 심각한 언니의 모습에 살짝 불안한 마음으로 퇴원하고 갑상샘 검사를 받게 되었다. 우려했던 대로 암이었다. 한쪽도 아니고 양쪽 다 커다란 혹이 있다면서 이렇게 혹이 자랄 때까지 가만히 있었냐며 일반암으로 치면 3기라고 의사 선생님은 말했다.

나는 한숨밖에 나오지 않았다. 허리가 안 좋아서 10년 다니던 회사도 그만뒀는데 또 갑상샘암으로 병원 신세를 져야 하는 게 힘들었다. 왜 이렇게 안 좋은 일은 연속으로 일어나는 것인지, 내가 무엇을 잘못한 것인지 알 수가 없었다.

수술하고 입원실에서 회복을 하고 있었다. 옆 침대에 어느 여자분이 있었다. 나처럼 갑상샘인가 했는데 유방암 3기로 수술했고, 항암 치료를 하러 왔다고 했다. 나하고 나이가 비슷해 보여서 우리는 금세 친해졌다. 그 여자분은 얼굴도 예뻤고, 경제적인 면에서도 아쉬울 게 없어 보였다. 사업이 잘되는 남편도 있다고 했다. 그런데 얼굴에 수심이 가득해 보였다. 나는 암 때문에 그런가 했는데 이유는 따로 있었다. 아들이 둘 있는데, 둘 다 발달장애가 있다고 했다.

두 아들의 발달장애가 너무 심해서 잠시도 옆에서 떨어져서는 안 된다고 한다. 성인이 된 아들은 요양보호사의 도움을 받지만 앞으로 살아가는 데 아무런 희망도 낙도 없어서 착잡하다고 했다. 본인 아픈 것은 아무런 문제가 되지 않는다며 말이다. 부모가 둘 다 세상을 떠나면 이 두 아들을 누가 돌볼 것인지 걱정된다고 했다. 형제 중의 한 사람이라도 정상이면 어찌 됐든 믿고 마음 편하게 눈이라도 감겠는데 둘 다 저러니 사는 내내 불편한 마음만 있다는 것이다.

우리나라 장애 제도가 너무 부실하다고 분노하며 비판했다. 그리고 부부 중 한 사람이 먼저 세상을 떠나면 나머지 한 사람이 애들하고 극단적인 선택을 하기로 했다는 가슴 아프고 충격적인 말도 했다. 물론 진심은 아닐 것이다.

나는 너무 놀란 나머지 심장이 쿵쾅거렸다. '얼마나 힘들었으면 그런 생각까지 했을까?' 싶다가도 그렇다고 소중한 생명인데 그런 선택은 아니지 않냐며 내 일처럼 한마디했다. 그랬더니 도저히 저런 자식을 두고 눈을 못 감을 것 같다고 말했다. 나는 그 말에 자식을 생각하는 엄마 마음이 어떤 것인지 알 것 같았다. 예전에 장애인 시설을 다룬 뉴스를 통해 그런 시설에서 사람 취급도 안 하는 것을 보고 실망했기 때문이다.

나는 잠이 오지 않았다. 장애 자식을 둔 부모들의 마음을 다시 한번 생각해보았다. 또 그동안 청각장애로 세상을 원망하면서 나만 힘들다고, 나만 불행하다고 부정적인 생각을 가졌던 나 자신이 굉장히 부끄러웠다.

나에게는 10년을 직장 생활도 같이하고 선원도 1년 정도 같이 다닌 친구 B가 있다. B는 내가 남편 몰래 투자했다가 다 잃었을 때, 빚도 이자도 갚아나가야 하는 상황에서 내 힘으로 도저히 안 될 때마다 부탁하면 이유도 묻지 않고 바로 현금 융통을 해준 친구다.

여자들이 많은 회사에서 돈을 빌리면 금세 소문나는데, B는 입이 무거웠는지 나를 지켜준 것인지 아무 말도 하지 않았다. 성격이 쾌활하고 유머도 있는 재미있는 친구다. 나는 이 친구를 볼 때마다 고마웠다.

그런 B가 건강은 어떠냐면서 작년 이맘때쯤에 연락이 왔다. 자신은 회사를 그만둔다며 유방암이라고 했다. 다행히 초기라서 항암치료는 안 해도 된다며 말이다. 나는 초기라고 해도 특히 주의하라고 당부했다. B는 자신이 암에 걸리고 보니 모든 게 걱정이라고 했다.

자식이 3명이나 되는데 결혼도 시켜야 하고 대형 반려견도 보살펴야 하고, 이것저것 할 일이 너무 많은데 암이라는 병을 생각하니 무섭기도 하고 치료받는 동안에도 불안한 마음이 크다고 했다.

재작년에 B의 또 다른 친구가 갑자기 심장마비로 세상을 떠나 상실감을 겪었던 탓인지 B도 엄마로서 아내로서 며느리로서 딸로서 해야 할 일을 못 하고 갈까 봐 걱정이라고 했다. 나는 B의 마음을 충분히 알 것 같았다.

우리는 암이 아니어도 그런 생각을 하면서 살고 있지 않을까? 나는 B한테 주변 사람들 걱정도 좋지만, 지금은 오로지 자신한테만 집중하라고 했다. 잘 먹고 잘 자고 운동하고 행복한 마음 갖기, 자신을 사랑해주기, 그동안 몸 고생, 마음 고생하느라 고생했다고 자신을 토닥토닥 두드려주기, 잘한 것은 잘했다고 칭찬해주기 등을 하라고 말했다. 지금까지 B는 착실하게 잘하고 있다. 잘하고 있는 B에게 나는 정말 고맙고, 사랑한다고 말해주고 싶다.

삶을 살아가면서 제일 무서운 병이 무엇이냐고 묻는다면 치매가 아닐까 생각한다. 치매는 본인도 주변 사람도 힘들게 하기 때문이다. 내게도 치매 어머니를 돌보고 있는 친한 친구 Y가 있다. Y를 볼 때마다 정말 안쓰럽고 어떻게 위로를 해주어야 할지 모를 때가 있다.

Y는 치매 어머니를 볼 때마다 힘들게 하니 화가 날 때도 있지만, Y의 삶에 녹아 있는 엄마와의 추억을 생각하면 뜨거운 연민이 생겨 어머니를 볼 때마다 저절로 눈물이 흘러내린다고 한다. 나도 그 마음이 어떤 것인지 알 것 같았다.

나는 Y에게 해줄 수 있는 것이 무엇일까 생각하다가 책을 선물하기로 했다. 《치매 엄마와 사이좋게 늙어가는 법》이라는 책이었다. Y가 마음의 평화를 얻었으면 좋겠다. 우리는 모두 아픔을 갖고 살아간다. 나보다 더한 아픔을 가진 사람도 주변에 많다.

우리 집 반려견, 행운이 이야기

　요즘은 집마다 애완견 한 마리쯤은 다 있을 정도로 많은 사람이 반려동물을 키운다. 우리는 동물을 통해 사랑과 행복을 느낀다. 다만 동물을 입양할 때는 한 번쯤 더 생각하고 결정하는 게 좋다.

　우리 집은 〈동물농장〉을 즐겨본다. 어느 날, 나는 TV를 보다가 충격적인 장면을 보게 되었다. 주인이 풍산개를 폭행하는 장면이었다. 폭행이 얼마나 잔인했는지 할 수만 있다면 내가 가서 그 주인을 똑같이 때려주고 싶었다. 그 영상을 본 후에 나는 자꾸만 그 개가 눈에 밟혀서 데려오고 싶었다. 하지만 우리 집은 아파트였고 큰 개를 키울 수도 없었다. 큰애와 작은애가 이때다 싶었는지 큰 개는 키울 수 없으니 조그만 강아지를 입양하자고 조르기 시작했다. TV를 볼 때마다 강아지를 입양하자고 노래했지만, 나는 솔직히 자신이 없었다.

고민하고 있을 무렵 다행히 주인한테 폭행을 당했던 풍산개가 너무 좋은 주인을 만나 행복하게 사는 장면을 보여주었다. 푸른 잔디가 있는 넓은 마당에서 뛰어노는 모습이었다. 한눈에 봐도 사랑과 풍요로움이 넘쳐나는 집이었다. 나는 눈물 날만큼 좋았다. 풍산개가 주인에게 사랑받으면서 남은 생을 행복하게 잘 살기를 빌었다.

나는 마음의 평화를 얻었는지 식구들 말대로 조그만 강아지를 분양했다. 우리는 사전에 어떠한 정보도 없이 2개월 된 강아지를 데리고 와서 종일 강아지만 바라보는 상황이 되었다. 큰애와 작은애는 이름을 지어주자고 하며 각자 여러 가지 이름을 내놓았다. 하늘이, 바람이, 구름이, 태양이, 행운이 등. 이 중에서 행운이로 결정되었다. 우리 집에 행운이 들어오길 바라는 마음에서 행운이라고 했다. 조그만 미니핀 종류로 몸무게도 많아야 5㎏을 넘지 않는다. 우리 집은 이 조그맣고 까만 행운이로 인해 분위기가 달라졌다. 온갖 신경이 행운이에게 쏠렸고 행운이가 하는 모든 행동 하나하나에 박수를 치며 서로 행운이가 자기를 더 좋아해주길 바랐다.

미니핀 강아지는 귀가 항상 쫑긋 서 있고 몸통은 날렵하고 다리는 길고 가는 편이다. 약간 사냥개 같은 느낌도 있다. 주인한테는 보디가드처럼 충성을 하지만 타인한테는 늘 경계심이 있다고 한다. 이런 특성을 미리 알고 어릴 때부터 교육해야 성장하는 중에 사회성도 발달하고 다른 강아지들과도 잘 어울리지만 그렇지 못하면 주인도 강아지도 힘든 상황이 될 수도 있다.

우리 행운이가 딱 그런 케이스였다. 산책하러 나가면 예쁘다고 다가오는 사람들한테 무조건 짖기 바빴고 집에 오는 사람들에게도 나가라고 짖으니 모든 상황이 불편했다. 행운이 때문에 집에 오는 사람들이 적어지고 산책하러 나갈 때도 사람들이 없는 곳으로 조용한 시간을 골라서 후다닥 놀고 들어왔다.

활동량이 많아서 나가서 뛰어노는 것을 좋아했던 행운이는 드넓은 잔디 운동장에 풀어놓으면 그곳이 마치 천국인 마냥 좋아했다. 어디서 그런 힘이 나오는지 지치지도 않았다. 우리는 그런 모습의 행운이를 보는 게 각자의 행복이었다. 동물도 자식이라는 말이 어떤 느낌인지 알 것 같았다. 사회성이 부족하니 다른 강아지들과 어울리지 못한 채 식구들하고만 잘 지내는 상황이 되었다.

어느 날이다. 6개월이 되어 예방접종을 하려고 병원에 갔는데 수의사 샘이 "얘, 왜 이렇게 살이 쪘어요?"라고 놀라며 내게 물었다.
"애들이 간식을 많이 먹어서 그런가. 살이 좀 찐 것 같아요."
"이상한데요. 상상임신 같아요."
"네! 상상임신이요? 어떻게 조그만 강아지가 상상임신이 되는 거죠?"
나는 너무 놀라 되물었다.

"강아지도 사람처럼 상상임신이 가능합니다."

수의사 선생님은 당연하다는 듯 말했다.

그러고 보니 배도 좀 나온 것 같았다. 나는 어이가 없었다. 우리 행운이가 상상임신이라니? 수의사 선생님께서는 이런 경우는 중성화 수술을 해야 한다고 했다. 집에 온 지 6개월 만에 행운이는 수술을 했다. 언젠가는 새끼를 낳는 경이로운 경험도 해주고 싶었는데 뜻하지 않는 '상상임신'으로 그런 소망은 건너갔다.

행운이가 우리 식구의 일원이 되어 3년이라는 세월이 흐른 어느 날이었다. 감기에 걸렸는지 행운이가 재채기를 하는 것이다. 여러 병원을 돌며 검사를 했지만 병명을 찾지 못했다. 그러다 어느 분이 아마도 악성종양일 수도 있다며 동물대학병원에 가보라고 했다. 동물대학병원으로 가서 이것저것 검사를 시행했고, 우려했던 대로 오른쪽 코에 종양이 생겼다고 했다.

조직을 떼어 미국에 보내 정확한 검사 결과를 봐야 수술을 어떻게 할 것인지 안다고 했다. 행운이 같은 케이스가 아직은 국내에서는 드문 경우라고 했다. 그리고 이런 경우는 수술한다고 해도 재발할 확률이 높고, 또 재발한다면 재수술은 못 한다고 했다. 왜냐면 그때는 완전히 코 전체를 들어내야 했기 때문이다. 미국에서 돌아온 검사 결과는 악성종양이었고, 수술비용도 의료보험이 안 되니 적은 비용이 아니었다. 나는 수술을 집도하는 교수님께 선처 좀 해달라고 양해를 구했다.

본인이 생각해도 비용이 많이 든다고 생각했는지, 아니면 내 하소연에 마음이 약해졌는지 행운이는 거의 반값으로 수술을 진행했다. 정말 그 교수님께 감사의 말을 전한다. 혼자 있기 힘들어하고 분리 불안증이 있는 행운이를 병원에 입원을 시키고 집으로 돌아오는 길에 어떻게 표현할 수 없는 슬픔과 우울감이 몰려왔다.

모든 게 내 탓 같았다. 사랑을 덜 줘서 행운이가 그렇게 된 것 같았고, 사람들한테 짖는다고, 배변을 잘못 본다고 혼을 내서 그런 것 같았다. 잘해준 것보다 혼내기만 한 것들이 떠올라서 오는 내내 마음이 아팠다. 수술을 잘 견디고 회복한 행운이를 보며 이제는 좀 더 사랑을 주어야겠다고 다짐했다.

행운이가 퇴원하는 날, 대학병원 간호 선생님은 행운이를 앞으로 어떻게 관리해야 하는지에 대해서 꼼꼼히 말해주었다. 첫째는 6개월 안에 재발할 확률이 높다는 것이고, 둘째는 평생 항암약을 하루에 두 번 먹어야 하고, 셋째는 항암약을 맨손으로 주면 안 되고, 넷째는 행운이 변을 맨손으로 처리하면 안 된다고 했다.

나는 그 소리를 듣고 놀랐다. 수술만 하면 끝나는 줄 알았는데, 뒤에 있는 관리가 더 어려워 보였기 때문이다. 더군다나 항암 약을 평생 먹는 것도 힘든데 맨손으로 주면 안 되고 배변 처리도 맨손으로 하면 안 된다니, 무슨 약이 얼마나 독하길래 그런가 싶었다. 또 항암 치료약이 한 달에 무려 20만 원이 넘었다. 10년 전에 20만 원이면 적은 돈은 아니었다.

집으로 온 나는 식구들에게 행운이의 주의사항을 말해주었다. 재발할 확률이 높다고 하니 특히 신경을 썼고 약도 비닐장갑을 끼고 주었다. 그렇게 6개월이 지났다. 약 비용 문제나 기타 여러 가지로, 모든 게 조금씩 힘든 상황이었지만 그래도 힘을 냈다. 하지만 나는 결단을 내리게 되었다. 행운이가 약을 먹을 때마다 토하거나 계속 힘없이 축 늘어져 있는 모습이 안쓰러웠기 때문이다.

나는 6개월이 지나 재발이 없는 행운이의 항암약을 중단하기로 했다. 대신 내 나름의 방식대로 사랑을 주자고 다짐했다. 그 후로 나는 행운이에게 매일 소리를 내어 사랑한다고 말했다. 산책하러 자주 나갔고 '행운이가 바라는 게 무엇일까?' 생각하면서 정성을 쏟았다. 그렇게 행운이는 항암약 없이 지금까지 12년을 더 사는 중이다.

지난 1월이다. 내가 새로운 직업으로 직장 생활을 할 때다. 갑자기 행운이가 걷지 못하고 먹지도 못하고 식음 전폐를 하면서 7일간이나 누워만 있었다. 주변에서는 노령견이니 마음의 준비를 하라고 했다. 병원에 가도 관절이나 골절은 이상이 없는데, 발 쪽에 신경이 전달이 안 되니 못 걷는다고 했다. 그 원인을 찾으려면 MRI를 찍어야 한다고 했다. 노령견이기도 했지만 나는 MRI를 찍을 비용이 없었다. 전 재산을 다 날렸기 때문이다.

나는 누워 있는 행운이에게 말했다.

"행운아, 엄마가 아주 미안해! 그동안 너 잘 견디고 건강하게 잘 살아왔는데, 엄마 상황이 힘들어서 검사도 못 하고 미안하다. 행운이가 다시 힘을 냈으면 좋겠어. 엄마가 지금 힘든 상황을 잘 견디고 나갈 수 있도록 행운이가 힘을 줬으면 좋겠다. 너마저 잘못되면 엄마가 살아가기 힘들 것 같아. 행운아 힘을 내봐. 응?"

미안한 마음에 눈물이 나왔다. 통했는지 기적이 일어났다. 행운이는 얼마 지나서 음식을 먹기 시작했고 걸음도 아기가 처음 걸음마 시작하는 것처럼 조금씩 걷더니 끝내 걸을 수 있게 되었다. 기적이었다. 내가 아플 때 행운이도 같이 아팠다는 것을 다시 알았고, 내가 힘들 때 같이 힘을 내준 것도 알았다. 난 그동안 혼자 아픈 것이 아니었다. 지금은 10년은 더 살 것처럼 건강하게 뛰어다닌다. 나는 그런 행운이를 보며 힘을 냈다.

"고맙다, 행운아 사랑해!"

가족에게 사랑을 표현하자

　'가족'의 인연은 어떻게 해서 맺어지는 것일까. 부부는 자신이 이혼 없이 행복하게 아이들과 잘 살 거라고 생각하며 가족이라는 울타리 속에서 산다. 이웃집에서 일어나는 불협화음이나 이혼 소식도 나와는 아무런 상관이 없는 일이라고 믿으며 말이다. 부모와 자식 간, 형제 간에서는 아무리 안 좋은 말로 상처를 주어도 타인처럼 보지 않게 되지는 않는다. 그래서 가족인지도 모른다. 나는 가족을 잃기 전에는 행복하지 않다고 생각했다. 나는 행복하지 않아도 가족에게는 행복을 주고 싶어 노력한 것이 결국은 가족을 잃은 꼴이 되었다. 어쩌면 행복이 무엇인지 몰랐다는 표현이 맞는 것 같다.

　'결혼은 환상이 아니라 현실이다'라는 말에는 누구나 공감할 것이다. 다른 가치관으로 살던 남녀가 한집에서 산다는 것은 쉬운 일은 아니다. 그렇다고 사랑의 유효기간이 끝이 없는 것도 아니다. 그래서 달라도 너무 다른 사람끼리 사는 것이 부부라고 한다.

성숙하지 못한 우리는 다름을 서로 인정하고 배려해주지 못한다. 나와 안 맞는 상대가 싫은 것이다. 그러다 지나고 나서야 이런 부분이 달랐고 이런 부분은 비슷했다는 것을 알게 된다. 그리고 나아가서는 그 다른 부분이 그 사람에게는 사랑이었다는 것을 알게 된다.

나도 남편도 막내로 자랐지만, 부모님의 사랑을 못 받고 자랐다. 나는 부모님이 일찍 돌아가셨고 형제들에게 받지 못한 사랑을 남편에게 받기를 기대한 것 같다. 하지만 남편도 사랑을 못 받고 자란 것을 시부모님과 한집에 살면서 자연스럽게 알게 되었다. 시아버님은 말씀이 없으셨고 칭찬을 모르는 인색하신 분이셨다. 시어머님은 공부 잘했던 장남인 큰아들만 좋아하셨다. 남편은 부모님과 사이가 그다지 좋지 않았다. 아버님은 자식들을 혼내기만 하시고 사랑을 주지 않으신 것이다.

부모가 다 계셔도 사랑을 못 받고 자란 남편과 나는 어떻게 보면 사랑이 무엇인지 잘 모르는 사람들이었다. 남편은 공감 능력이 나하곤 달랐다. 처음에는 말이 없어서 과묵해서 그런 건가 했지만, 내가 무슨 말을 하면 전혀 공감을 못 했다. 청각장애가 있는 내가 드라마를 보다가 중요한 부분을 잘 못 들어서 남편에게 물어보면 귀찮다는 듯이 "그냥 알아서 들어"라고 한마디했다. 나는 그럴 때 종종 상처

받았다.

　그후로 난 묻지 않게 되었고 주눅이 들었다. 남편도 잘 못 듣는 나를 언제까지 공감하면서 살 수는 없었을 것이다. 남편은 감기 몸살이 나면 내가 간호해주는 것을 불편해했다. 아프면 가만히 두는 게 배려라고 생각했다. 그렇기 때문에 내가 아파도 남편은 내 옆에 오지 않았다. 옆에 와서 얼마나 아프냐고 물어봐주고 손 한번 잡아주는 것이 부부라고 생각한 나와는 다르게 남편은 그런 것을 못 했다.

　외롭다는 생각이 든 나는 남편이 나를 사랑하지 않는다고 생각했다. 소통하는 것도 싫어하고 손잡고 산책하는 것도 싫어하고 여행 가는 것도 안 좋아하는 남편은 오로지 일만 했다. 지금 생각해보면 어깨가 무거웠던 것이다. 가족을 먹여 살려야 하는 책임감으로 힘들어 마음의 여유가 없었던 것이다. 그리고 그 모든 것을 내가 당연히 이해해야 한다고 생각한 것이다.

　시부모님과 같이 살면서도 나는 늘 남편 눈치를 봐야 했다. 남편은 어머님께 살가운 아들이 아니었다. 어머님은 내게 '여자 하기 나름이다'라며 한 소리하신다. 당신 아들이 못하는 것은 내 탓이라고 한다. 어머님뿐만 아니라 내게도 아무 관심이 없는 남편인데 무슨 내 탓을 말하는 건지, 어머님 심정을 이해 못 하는 건 아니지만, 속상해서 눈물로 지낸 적이 많았다.

그나마 아이들 키우는 재미로 살았던 것 같다. 큰애는 어릴 때부터 영악하고 야무졌다. 그리고 내가 어릴 때 엄마밖에 몰랐던 것처럼 딸도 나를 무척 잘 따랐다. 학교 급식에 맛있는 게 나오면 안 먹고 가지고 와서는 내게 먹여주곤 했다. 지금도 딸이 어릴 때 했던 행동이 생각나 종종 웃음이 날 때가 있다.

4살 때다. 학습지 선생님과 공부하다가 선생님이 가시고 나면 자기가 선생님이 돼서 똑같이 흉내를 내곤 했다. 그런가 하면 여자아이라 그런지 엄마가 한 달에 한 번 마법에 걸린 날이면 궁금했는지 "엄마, 이거 뭐야?"라고 물었다. 어떻게 말해야 할지 몰랐던 나는 "엄마는 한 달에 한 번은 이렇게 빨간 손님이 와"라고 말했다. 어느 날, 백화점 화장실에 같이 들어갔는데 갑자기 딸애가 "엄마, 빨간 손님 왔네"라고 말하는 바람에 밖에 있는 사람들이 웃으며 어쩜 이렇게 예쁘게 가르쳤냐며 쳐다본 적도 있었다.

남동생이 놀이공원에서 업어달라고 떼를 쓰면 누나가 업어주겠다며 동생을 살뜰히 챙기곤 했다. 그렇게 나를 도와주던 사랑스럽고 야무진 딸이었다. 하지만 큰애가 크면서 사춘기가 왔을 때는 티격태격 많이 싸웠다. 큰애가 말을 안 들을 때는 화가 난 나머지 때리기도 했다. 그럴 때마다 내가 어렸을 때 맞았던 생각이 나서 너무 힘들었다. 맞는 게 지독하게 싫었는데 그런 내가 딸을 때리고 있으니 어이없는 상황에 내가 너무 싫어서 화까지 났다.

딸에게 내색은 안 했지만 힘들었다. 그리고 이러한 상황이 마치 어릴 때 나를 때린 둘째 오빠 때문이라고 생각하며 오빠를 미워하고 원망하는 상황을 만들고 있었다. 성숙하지 못한 엄마가 엄마 역할을 하느라 진을 빼고 있었다. 남편에게 서운한 감정이 생기면 아이들에게 괜히 화내고 엄마답지 못한 행동을 서슴없이 했다는 것을 알게 되었다.

나는 용기를 내야 했다. 어린 시절, 오빠한테 맞았을 때 너무 억울했던 것처럼 딸도 그런 감정이 오래가지 않게 사과를 해야만 했다. 아무리 화가 나도 때린 건 잘못된 것이다. 하지만 내가 먼저 아이들에게 사과한다는 건 쉽지 않은 일이다.

내가 용기를 내게 된 것은 마음공부를 하면서 잘못된 생각으로 살았다는 것을 알고 나서다. 사랑보다는 강압적으로 아이들을 키웠다는 것을 알았다.

"너희가 엄마 말 안 듣는다고 때린 거, 큰소리친 거 정말 미안해."

그 말을 하는데 눈물이 왈칵 쏟아졌다. 정말 미안하고 부끄러워서 눈물이 났다. 그때 중1이던 아들이 "엄마, 난 괜찮아. 다 잊어버렸어"라고 했지만, 딸은 아무런 대답이 없다가 한마디 짧게 했다.

"이미 닫혔어."

남동생인 아들이 잘 못 듣는 나를 대신해 누나에게 다시 물었다.

"누나 마음이 닫혔다는 거야, 아니면 다쳤다는 거야?"

동생의 물음에 딸은 한마디 남기고 방으로 들어갔다.

"크로스."

고3이었던 딸은 마음에 상처가 많았는지 내 사과를 받아주지 않았다. 어느 정도 예상한 거라 미안한 마음으로 조용히 지켜만 보았다. 남편은 멋쩍었는지 나보고 철들었다는 농담을 했다. 그렇게 나는 처음으로 용기를 내 아이들한테 미안하다고 말했다.

그 후부터는 사랑한다는 말을 자주 했다. 아들한테도 딸한테도 카카오톡 메시지로 사랑한다고 말로 표현했다. 그리고 '너희들은 정말 세상에서 가장 소중한 존재'라는 말을 많이 했다. 대학생이 된 딸이 어느 날 내게 메시지를 보냈다.

"엄마, 난 세상에서 가장 소중한 존재 맞지?"

"그럼 넌 이 세상에서 가장 소중한 존재야."

"그런데 나 지금 자존감 바닥인 것처럼 우울해."

"마음이 안 좋은 일이 있었나 본데, 잠시 눈을 감고 우울한 마음을 느껴주고 바라봐."

"그러지 말고 엄마가 자존감을 올려줘."

보아하니 남자친구하고 싸운 듯한 느낌이 들었다. 그래서 말해줬다.

"넌 이다음에 남편 사랑을 최고로 받는다고 하더라."

"진짜야?"

"그럼~ 사랑을 받는다는 것은 그만큼 네가 소중하니까 받는 거야."

"고마워, 엄마. 그리고 사랑해."

소중한 존재들이 모여 가족이라는 인연으로 만나려면 정말 엄청난 억겁의 세월이 있어야 하지 않을까?

지난 1월에 나는 남편과 이혼서류에 도장을 찍었다. 가족이라는 울타리에서 남편과 남남이 되었지만, 딸과 아들은 여전히 가족이다. 성인이 된 딸과 아들에게 미안한 마음이 든다. 가족이라는 인연으로 지나온 시간을 돌아보면 나는 제대로 아낌없이 사랑을 표현하지 못한 것 같다.

우리 아이들은 살아가면서 나 같은 오류를 범하지 않았으면 좋겠다. 사랑하는 법을 배우고 결혼에 대해 준비도 하고 부모가 되는 공부도 미리 한다면 훌륭하고 좋은 부모가 될 수 있을 거라 생각한다.

사랑은 표현이라고 생각한다. 아무리 좋은 사랑도 표현을 안 하면 모른다. 사랑을 표현하자!

이기적인 삶에서, 목적 있는 삶으로

30대 후반의 어느 날이다. TV에서 어느 중학생이 왕따를 당해 학교 옥상에서 뛰어내렸다는 뉴스를 보게 되었다. 남편과 같이 보다가 너무 놀라 내가 한마디했다.

"어린 학생이 얼마나 마음이 힘들었으면 무섭지도 않나. 저 높은 곳에서 뛰어내려?"

하지만 남편은 "아이고 잘 죽었어! 저런 애들은 어차피 인생 살기 힘들어. 저런 정신을 가지고 안 그래도 힘든 세상 어떻게 헤쳐나가겠어. 무슨 일만 있으면 저렇게 죽으려고 할 건데, 일찍 잘 죽은 거야"라고 말했다. 남편의 말에 어이가 없었다. 내 남편이지만 사람처럼 안 보였다. 물론 진심으로 한 말은 아닐 것이다. 하지만 그때의 내게 남편은 감정이 없는 냉정한 로봇처럼 느껴졌다.

그 후로 나는 알 수 없는 두려움이 밀려왔다. 원래 다정한 사람이 아닌 줄은 알았지만 저렇게까지 냉정한 사람일 거라 생각해본 적이 없었기 때문이다. 전에 친구 따라 사주 관상을 잘 본다는 철학관에서도 내게 결혼을 너무 일찍 했다고, 늦게 했어야 하는 사주라며, 남편을 고집이 세고 자기밖에 모르는 좀처럼 남을 못 믿는 냉정한 사람이라고 했을 때도 나는 믿지 않았다. 자상한 면은 없어도 생활력이 강하고 말이 없는 것이 좀 재미없고 답답한 면은 있었지만 냉정한 사람은 아니라고 부정했다. 그런데 지나온 삶을 비추어 봤을 때 남편은 확실히 공감 능력이 부족하다 못해 냉정한 사람이었다. 내가 과연 이 사람과 끝까지 잘 살 수 있을까? 불안한 마음이 생기기 시작했다.

나 스스로 행복하지 못한 결혼이라고 단정 지을 무렵, <엄마가 뿔났다>라는 드라마를 보면서 내 처지와 비슷하다는 생각이 들어 볼 때마다 눈물이 쏟아져 옆에 손수건을 미리 갖다 놓고 볼 정도였다. 나도 드라마 속 김혜자 씨처럼 독립하고 싶었다. 아무도 없이 혼자 사는 해방감을 맛보고 싶었다.

시부모님 모시고 사는 것도 힘든데 남편마저 내 마음을 몰라주고 무관심으로 일관하는 게 너무 외로웠다. 오죽하면 작은아이가 두 돌 무렵에 다리 화상으로 병원에 보름 정도 입원했을 때 친구들은 답답해서 병원에 어떻게 보름 동안 있냐고 했지만, 나는 전혀 답답하지 않았다. 오히려 병원이 내게는 천국이었다. 삼시 세끼 다 나오고 아무엇도 안 하고 작은아이만 케어하면 되니 이보다 더한 천국이 없다고 생각했다.

지금 생각해보면 남편과 나는 서로에게 힘든 결혼 생활이었다. 서로 이해해주기를 바라고 또 서로 사랑만 받으려는 미성숙한 어른 아이였다. 그때부터인 것 같다. 나는 돈이 필요했다. 남편을 노후까지 믿지 못할 것 같았다. 남편은 언제든 내가 자신의 마음에 안 들면 자기 마음대로 할 수 있을 것 같았다.

남편은 나보다 나이가 7살이나 많아서인지 나를 어린아이 취급하는 것 같았다. 나를 무시하는 것처럼 보였다. 거칠게 나오는 언어가 그랬고, 한번 화나면 불같이 화내는 행동이 그랬다. 그럴 때마다 나는 한마디 대꾸도 못 하고 눈물만 흘리며 상처를 꾹꾹 눌러서 가슴에 쌓아두고 있었다.

무엇이라도 해야 했다. 그러려면 몸이 건강해야 했다. 내 몸이 아파도 다정한 남편이 아닌 것을 안 나는 그때부터 운동을 하기 시작했다. 나이 먹고 아프면 남편이 알아줄 것 같지 않고 그렇게 되면 내 처지가 비참해질 것 같았다. 바로 헬스장에 등록해서 운동을 시작했다. 둘이면서 혼자인 나만의 삶을 운동으로 시작했다. 몸이 건강하면 마음도 건강해진다는 것을 운동을 통해서 알게 되었다. 운동과 사랑에 빠질 만큼 열심히 했다. 운동하며 주변 사람들과 어울리는 시간도 늘어났다.

집에서 아이 키우고 부모님 케어하고 살림만 하다가 밖에 나와 사람들과 어울리다 보니 세상은 내가 모르는 게 정말 많았다. 남편 아침밥을 안 해준다는 분도 있어 놀랐다. 그리고 돈을 버는 여자가 살림만 하는 여자보다 더 마음의 여유가 있고 멋있어 보였다. 문득 큰딸 낳기 전에 백화점에서 일하면서 돈을 벌었던 일이 떠올랐다. 다시 돈을 벌고 싶은 마음이 들어 바로 아르바이트를 알아보았다. 연구소 구내식당 아르바이트를 시작했다. 오로지 내 돈을 만들어놓아야겠다는 생각밖에 없었다. 그렇게 나는 외로움이 돈으로 옮겨가는 불행을 자초하고 있었다.

아버님이 먼저 돌아가시고 몇 년 있다가 어머님도 돌아가셨다. 두 분의 죽음을 보며 나는 내 미래를 보는 듯한 생각을 떨칠 수가 없었다. 아버님은 어머님을 챙기시려는 마음은 있었지만, 언어가 정말 거치셨다. 남편과 너무나 흡사했다. 다정하게 할 수도 있는 말을 거칠게 해 어머님 가슴에 꽂히게 했다.

금방 돌아가실 것 같은 어머님의 지병으로 일찍 결혼했지만, 어머님은 병원을 들어갔다, 나왔다 반복은 하셨어도 휠체어에 의지하면서 경로당 놀이방도 잘 다니셨다. 어머님 옆에서 잔소리만 하신 아버님보다 늘 어머님이 먼저 가실 줄 알았다. 그도 그럴 것이 아버님은 돌아가시기 전까지 자전거도 거뜬히 타고 다니실 정도로 건강하셨기 때문이다.

'인명재천(人命在天)'이란 말이 있다. '죽음은 하늘만 안다'는 뜻이다. 태어나는 데는 순서가 있어도 죽음에는 순서가 없다고 한다. 아무리 지병으로 오랜 병원 생활을 하셨어도, 죽음 직전까지 건강하게 자전거를 타셨어도, 누가 먼저 하늘로 갈지는 아무도 모른다는 것을 나는 아버님과 어머님을 보면서 알게 되었다. 더군다나 어머님은 아버님을 먼저 보내고 6년을 더 사셨다. 어머님을 보면서 나는 마음이 편하면 몸도 건강해진다는 것을 알았다.

아버님은 아픈 어머님 때문에 스트레스가 있었을 것 같았고 어머님은 잔소리하시는 아버님이 계시다가 안 계시니 가슴에 꽂히는 상처를 받으실 일이 없어 자연스럽게 마음이 편해질 수밖에 없지 않았을까. 나도 할머니가 되어서 남편이 아버님처럼 나오면 정말 스트레스받을 것 같았다.

부모님이 모두 돌아가시고 나는 직장 생활을 하면서 남편 몰래 융자 대출을 받아 지인분의 소개로 투자를 했지만 결국 다 잃었다. 그로 인한 스트레스로 결국 병원 신세를 졌지만, 남편에게 투자해서 돈을 잃었다고 말하지 못했다. 남편이 알면 집안이 살얼음판이 될 것 같았다. 안 그래도 바깥일로 스트레스받고 예민한 사람인데 나까지 신경을 쓰게 하고 싶지 않았다.

　또 말을 하지 못한 이유는 나를 무시하는 남편에 대한 자존심이기도 했다. 어떻게든 내 힘으로 해결하고 싶었다. 병원에 입원해 있을 때도 남편은 잘 오지 않았지만 어쩌다 왔어도 바로 가곤 했다. 하긴 아플 때는 혼자 두는 것이 아픈 사람의 배려라고 생각한 남편이니 오래 있는 것이 불편했을 것이다. 정말 우리는 무늬만 부부였다. 그 후로 우리는 점점 멀어지는 상황이 계속 벌어졌다.

　작은애가 중학교에 들어가며 적응을 못 했는지 친구들과 어울리면서 사춘기가 왔고, 그로 인해 늦게까지 집에 안 들어오는 일이 잦아졌다. 그것을 남편은 이해를 못 했고 내가 아들 편을 들었더니 그때부터 이혼이라는 단어가 나오기 시작했다. 내가 우려했던 일이 결국은 벌어진 것이다. 자기 마음대로 안 되면 냉정하게 나를 내칠 수도 있을 것이라는 생각이 현실이 되는 순간이었다. 그때는 마음공부를 하고 있을 때라 어떻게 하는 것이 행복한 가정을 위하는 것인지 생각하고 또 생각했다. 왜냐면 나는 정말 무늬만 부부 같았던 가정을 행복하게 소통하는 가정으로 바꿔보고 싶었기 때문이다. 부모와 자식 간에 많은 대화가 오고 가는, 사랑이 가득한 가정을 만들어보고 싶었다. 그런 마음이 커서 시작한 공부였기에 최선의 결과가 필요했다.

아들과 남편의 사이가 점점 심각해지면서 아들이 엄마인 내게도 안 좋은 모습으로 나오는 것을 보고 나는 결단을 내려야 했다. 무조건 남편 편을 들었다. 아들을 살려야 했기에 남편과 같이 의논하면서 헤쳐나갔다. 나는 아들을 살리기 위해 선원 스님께 도움을 요청하며 부처님께 기도했다. 스님께서 말씀 주신 피드백과 기도로 아들을 살리는 데 성공했다. 그 일로 아들은 철이 들었다. 이제는 편하게 마음공부에 집중할 수 있을 것 같았다.

하지만 남편은 내가 하는 마음공부가 싫었는지 슬슬 반대하기 시작했다. 그러던 어느 날, 남편은 마음공부를 할 건지 이혼할 건지 선택하라고 했다. 그 순간 알 수 없는 내 안의 분노가 폭발하고 말았다.

마치 어렸을 때부터 맞고 자란 아픔과 결혼 생활 내내 꿀 먹은 벙어리처럼 말대꾸 한 번을 못 하고 가슴에 쌓아놓은 것들이 한꺼번에 폭발한 것 같았다. 제어가 안 되었다. 나는 기다렸다는 듯이 쌈닭이 될 준비를 하고 있었다. 나는 어디로 가야 할까?

기적은 가까이에 있다

우리는 종종 "저건 정말 기적이 아니고는 있을 수 없는 일이야!"라며, 현실적으로 있을 수 없는 일을 맞닥뜨렸을 때 기적이라고 표현한다.

예전에 민자도로 요금소에서 근무할 때다. 지금 생각해도 너무나 아찔했던 기적 같은 일이 있었다. 그날은 야간근무 중이었다. 음주운전자가 얼마나 과속을 했는지 요금소 부스 옆 벽면을 그대로 부딪치면서 차량이 반으로 접힌 상태가 되었다. 현장은 아수라장으로 변했고 나는 운전자가 어떻게 됐을 거로 생각했다. 하지만 술에 취해서 그렇지, 멀쩡하게 걸어 나오는 것을 보고는 나뿐만 아니라 현장에 있는 모든 사람이 경악했다. 기적이 아니고는 달리 표현이 안 되는 상황이었다.

기적이 진짜 있다는 것을 보여주는 경험이 내게도 있었다. 7년 전이다. 익숙하지 않은 도로를 가다가 잘못 진입했던 탓에 유턴을 해야 하는 상황이었다. 8차선 큰 도로였고 새벽이라 그런지 나 혼자 운전하는 것처럼 조용하고 한적했다. 맞은편 도로가 언제든 유턴해도 된다는 듯 허허벌판처럼 조용했다. 기차 시간이 촉박했던 나는 불법으로라도 재빨리 유턴해야만 했다. 차가 한 대도 오지 않는 맞은편 도로를 확인하고 나는 재빨리 유턴했다.

나는 목요일이면 <한문철의 블랙박스 리뷰(한블리)>를 즐겨본다. 이 프로그램은 운전에 대한 기본상식과 법규에 대해 새롭게 인식하게 해준다. 그리고 운전은 나 혼자만 잘한다고 되는 것이 아니라는 것을 알게 된다. 그만큼 그 방송에 나오는 블랙박스 영상들에는 차마 쳐다볼 수 없는 장면이나 더 이상 무서워서 운전을 못 할 것 같은 정도의 장면도 더러 있었다.

재빨리 유턴했던 나는 순간 불꽃이 튀는 것을 보았다. 무언가 이상했다. 소란한 소음과 함께 나는 100m 밖으로 밀려나갔고, 내 눈앞에서는 텔레비전에서만 보던 <한문철의 블랙박스 리뷰> 영상이 재현되는 듯했다. 그 모습은 실로 어마어마하고 굉장했다.

상대편 차량은 갓길에 주차해둔 20t 트럭을 한 번 부딪치고 타이어 바퀴가 터지는 듯한 소리와 함께 밀려나 다리 위 난간에 멈춰 섰다. 순간 나는 혼미해졌다. 갑자기 하얀 안개가 덮쳐오는 것처럼 앞이 안 보이는 상황에 무엇을 해야 하는지 몰라 안개 속을 헤엄치고 있는 듯했다.

내가 정신을 차린 것은 어디서 알고 왔는지 사이렌 소리와 함께 달려온 경찰이 창문을 두드리며 나에게 괜찮냐고 물은 뒤였다. 재빨리 차에서 내린 나는 상대 운전자에게 다가가 몸은 괜찮냐고 물었다.

하지만 어디서 왔는지 조직 두목처럼 생긴 남자가 화난 눈으로 나를 보더니 한마디했다.

"거기서 불법유턴을 하면 어떡해요? 정신 나간 거 아니에요, 네?"

너무 큰 소리로 다그치는 바람에 나는 100% 내 잘못이라고 생각해서 아무 말 못 하고 꼼짝없이 서 있었다.

검은색 차량의 운전자가 차에서 나오는데 불안한 얼굴이었다. 너무 불안한 나머지 두목 같은 형에게 전화했고, 그 형은 재빨리 현장으로 온 것이었다. 나는 기억을 더듬어 사고 당시를 떠올렸다. '나는 1차선에서 주행하고 있었고, 맞은편 도로에 분명 차가 없었는데, 어떻게 내가 저기 있는 검은색 차량이랑 부딪힌 거지?' 아무리 생각해도 의아했다. 공교롭게도 둘 다 블랙박스가 없었다. 내 차에 블랙박스가 없다는 것을 알았는지 운전도 안 한 두목같이 생긴 남자가 무조건 거짓말로 위기를 모면하려는 듯했다.

알고 보니 그 검은색 차량은 바로 내 뒤에서 운전하던 차였다. 그

것도 과속으로 말이다. 내가 불법유턴을 할 거라고 생각을 못 했기에 그 사람은 과속으로 달리는 것도 모자라 중앙선을 넘어 내 차를 추월하려던 참이었다. 그것도 모르고 내가 재빨리 유턴하면서 서로 부딪힌 것이다.

상대 운전자가 중앙선을 침범했기에 불리할 것 같으니 두목같이 생긴 남자는 불안해하던 운전자에게 중앙선 침범도 안 했을뿐더러 도리어 내가 2차선에서 불법유턴을 했다고 거짓말로 무조건 우기는 것이었다. 어차피 블랙박스도 없으니 잘 모른다고 생각한 것이다.

그 문제로 여러 번 경찰서에 갔다 왔다 했지만 큰 도로가에 있는 cctv에 그 사고가 잡히지 않았어도 사고조사를 해보면 누구 잘못이 더 있는지 알 수 있었을 것이다. 결국 7대3으로 결론이 났고, 두 대의 차량은 폐차해야 했다. 다행인 것은 나도 상대 운전자도 조금도 다친 데 없이 멀쩡했다는 것이다. 경찰은 우리 보고 정말 기적이라고 했다. 왜냐면 그 사고장소가 다리 위라서 20t 트럭이 주차가 안 되어 있었다면, 다리 아래로 추락했을 거라는 것이다. 그러면 그대로 사망이라면서 말이다. 한 번 부딪혔기에 그나마 난간에서 멈춰선 거라고 말해주었다. 그리고 두 대 다 폐차될 정도인데 사람이 안 다친 건 천운이라고까지 했다.

지금도 가끔 사고 장면을 목격하거나 지나간 그때의 일이 떠오를 때면 '수호천사가 나를 지켜주고 있었구나…' 하며 감사 기도를 드린다. 그 후로는 교통법규를 정말 잘 지키게 되었다. 기적은 집이든, 직장이든, 우리가 숨쉬는 모든 곳에서 일어난다. 다만 우리가 기적인 줄 모를 뿐이다.

　내게는 15년째 동거하고 있는 자식 같은 반려견이 있다. 이름은 행운이다. 앞에서도 이야기했던 것처럼, 행운이는 3년째 되는 날, 오른쪽 코에 악성종양이 생겨 수술했지만, 병원에서는 희귀한 종양이고 재발 확률이 높을 뿐더러 평생을 항암약으로 관리해야 한다고 했다. 우리 집 여건상 그렇게 할수 없었던 나는 6개월이 지난 후 항암약을 중단했다. 그리고 사랑한다는 말을 자주하고 산책도 전보다 더 하고 그랬다. 그 정성을 행운이가 알았는지 지금까지도 잘 크고 잘 논다. 이것뿐만이 아니다. 내가 전 재산 날리고 힘든 상황이 된 지난 1월에는 갑자기 7일간 식음을 전폐하고 걷지도 못해 병원에서 노령견이니 마음의 준비를 하라고 했지만, 나는 행운이한테 내 마음을 보냈다.

　"행운아, 엄마가 지금 너무 힘든 시기란다. 너마저 가버리면 엄마가 많이 힘들 것 같아. 행운이가 이번만이라도 힘을 내주면 엄마도 너를 보고 힘을 낼 것 같은데 조금만 힘을 내줄래?"

　이론으로만 알고 있던 동물도 사람과 교감을 한다는 것을 행운이를 보며 진심으로 알게 되었다. 기적이라는 것을 반려견 행운이를 보며 가까이서 경험하게 되었다. 기적처럼 살아난 행운이는 지금은 건강하게 잘 먹고 산책도 잘하는 중이다. 내게 힘내라고, 잘 견뎌내라는 하는 것 같아 행운이를 볼 때마다 울컥할 때가 많다.

가만히 생각해보면 정말 기적이 아닌 것이 없다. 나는 아침마다 화분에 있는 식물에게 사랑한다고 말한다. 어떤 날은 너무 사랑스러워 식물에게 입맞춤도 한다. 다음 날 보면 그 식물들은 한층 더 반짝반짝 빛나고 있다.

동물과 식물도 이럴진대, 만물의 영장이라고 하는 우리 인간 역시 그 존재 자체가 기적이 아닐까? 생명이 있는 한 무엇이든 할 수 있다. 삶의 긴 여정 속에서 쓰라린 아픔을 겪으며 성장하고 아름다운 사랑을 하며 성장해나갈 수 있다.

당연한 것 같았던 행복한 일상이나 죽을 만큼 힘들었던 시련들은 내게 소중한 경험이다. 아프지 않고 건강하게 잘 살아가고 있는 가족이나 주변 지인들이 있기에 나는 오늘도 편안한 마음으로 내 행복을 한 단계 더 높이고 있다.

나는 이 모든 일상이 기적이라고 생각한다. 그리고 모든 사람이 고맙다. 기적은 먼 곳에 있는 것이 아닌 바로 가까이에 있음을 알자. 그리고 나 또한 기적임을 알자.

불행하니까 행복한 것이다

　'여자 셋이 모이면 접시가 깨진다'라는 말이 있다. 그만큼 수다스러워 생긴 말이 아닐까. 얼마 전에도 우리는 접시가 깨질 만큼 수다를 떨었다. 한 친구는 아들이 용돈을 많이 줘서 행복하다고 이야기했다. 그러자 또 한 친구는 남편이 생활비를 안 갖다주니 자기 팔자가 불행하다며 짜증 난다고 이야기했다. 또 다른 친구는 새로 분양받은 아파트로 이사 갈 생각에 너무 좋아서 행복하다고 했다. 모든 이야기를 들어보면 행복과 불행은 내 마음이 아닌 조건이나 상황에 의해서 느낀다는 생각이 들었다.

　예전에 선원 스님께서 청각장애로 힘들어하던 내게 해줬던 말이 떠올랐다.

　"권 보살님! 제가 마음공부하면서 너무 힘들어 죽고 싶을 때마다 부처님께서 주신 말씀이 있었습니다. 행복도 불행도 다 스스로 만드는 것입니다!"

누구 때문에 또는 상황 때문에 행복하거나 불행할 때조차도 그것은 다 내가 만든다는 것이었다. 처음에는 이 말이 무슨 뜻인지 몰랐다. 어느 누가 스스로 불행을 만든단 말인가? 누구나 행복한 마음만 갖고 싶어 할 텐데…. 하지만 살아가면서 자연스럽게 알게 되었다. 행복도 불행도 다 내가 만든다는 것을 말이다.

태어날 때부터 유전적인 청각장애로 불행하다고 생각하면서 살고 있었던 나는 청각만 정상적으로 태어났다면 이 세상에서 내가 못 할 일은 하나도 없을 것 같았고 제일 행복한 사람이 되었을 거라고 생각한 적이 있었다. 그리고 이 불행한 삶은 오로지 청각장애 때문이라 여기며 세상에 내가 할 수 있는 건 아무것도 없다는 제한적인 사고에 갇혀 나 스스로 불행한 생각을 하고 있었다. 비록 청각장애가 있어도 얼마든지 내가 좋아하는 일을 할 수 있다는 진취적인 생각은 하지 못했다. 누군가에게 의존하기 딱 좋은 생각만 한 것이다. 앞으로 한 발을 스스로 딛지 못한 것이다.

40대 초반에 투자한 돈을 잃고 허리디스크로 병원에 입원했을 때다. 디스크가 신경을 누르면서 다리 통증과 함께 꼼짝을 못 하는 상황이 되었다. 걸을 수가 없게 된 것이다. 화장실도 휴게실도 탕비실도 어디도 못 가는 신세가 되자 내 청각장애는 아무것도 아니었다는 것을 그때 비로소 알게 되었다. 잘 듣지 못하는 건 조금 불편할 뿐이다. 하지만 걸을 수 없고 움직일 수 없는 건 누군가한테 의존하는 삶이니 이거야말로 움직이지 못하는 장애인 것이다.

사람이 행복하기만 하면 그 행복은 결코 행복인지 모를 것이다. 왜냐면 불행이 어떤 것인지 알지 못하기 때문이다. 불행을 겪어본 사람만이 진정한 행복이 어떤 건지 알 뿐만 아니라 그 행복을 마음껏 느낄 수 있다.

내가 불행하다고 생각하며 처음으로 보청기 착용을 할 때였다. 이 세상의 모든 소리가 정상적인 사람들과 똑같이 들릴 거라고 생각한 것과는 다르게 잡다한 소리가 나를 더 힘들게 했다. 사람 목소리보다는 물건끼리 부딪치는 소리, 자동차 바퀴 소리, 무슨 내용인지도 전달이 안 되는 TV 소리 등으로 정신이 하나도 없었다. 세상은 시간에 따라 조용할 때도 있었지만 내 귓속은 24시간이 전쟁터였다. 나는 그 속에 있었다. 그나마 잠자는 시간이 제일 조용했다.

그러던 어느 날, 친정집 형제가 단골로 가는 보청기 사장님께서 시간 될 때 와보라고 했다. 마침 고장 난 보청기도 있었고 수리할 겸 찾아갔다. 이 사장님은 보청기 사업을 꽤 오래 하신 분이셨다. 지금은 보청기 점포가 많지만 20년 전만 해도 없어서 부르는 게 값이었다. 우리 친정집 형제는 다행히 이 사장님과의 인연으로 비싼 보청기를 저렴한 가격에 구입할 수 있었다. 이분은 돈보다는 자신의 보청기를 착용한 사람들이 진심으로 잘 들을 수 있기를 바라는 마음에서 사업을 하셨던 분이다. 보청기를 자꾸 다루다 보면 미세한 소리의 감을 잡아낼 수 있다 하시면서, 이전보다 소리가 좀 더 잘 들릴 거라며 손을 본 보청기를 내게 건네주었다.

나는 아주 작은 차이지만 세상을 다 가진 사람처럼 행복했다. 조금 더 들리는 보청기로 인해 그전에는 느껴보지 못한 감사함이 가슴에서 묻어 나왔다. 어쩌면 처음부터 보청기보다는 내가 만들어놓은 불행이 아니었나 싶다.

그리고 보청기 사용법을 제대로 배우게 되었다. 보청기는 한번 착용을 하면 계속 착용해야 한다. 처음에는 온갖 잡다한 소음으로 불편하다. 그래서 대부분 착용을 안 하고 방치한다. 나도 그랬다. 그러다 또 불편하면 다시 착용한다. 이런 착용법은 오히려 청력을 더 악화시키는 꼴이다.

처음에는 당연히 착용하는 것이 불편하다. 하지만 수면 중에만 빼놓고 하루 24시간 착용해서 적응하다 보면 점차 익숙해진다. 빨리 적응해서 내 것으로 만드는 게 제일 중요하다. 그 후로 나는 보청기를 진심으로 사랑하게 되었다. 불행하니까 행복을 배로 알게 된 경험이다.

요즘은 황혼 이혼도 늘었고 중년들도 점점 이혼율이 높아지는 추세라고 한다. 또는 결혼을 아예 안 하고 독신으로 살고 싶다는 사람들도 늘어나는 것 같다. 얼마 전에도 친구들 모임에 나갔다가 이혼하고 싶다는 친구 이야기가 나왔다. 이혼 사유 중에는 경제적인 부분이 가장 많이 차지하는 것 같았다. 두 번째로는 배우자의 외도인 것 같다.

그런데 이혼한 사람들 중에는 한 번쯤은 이혼한 것을 후회하는 사람도 많다. 지나고 나면 그때의 행동은 지혜롭지 못했다는 생각을 한다는 것이다. 10년 전 일이다. 내가 잘 알고 지내는 친언니 같은 분이 힘들게 황혼 이혼을 했다. 얼마나 힘들었는지 카페에서 만났을 때 너무 살이 빠져서 못 알아볼 정도였다. 배우자의 외도로 남편이 이혼을 요청했을 때도 아이들을 생각해서 이혼만은 안 하려고 버티고 버텼는데 상황이 안 좋았는지 감정이 번져서 결국은 이혼했다는 것이다.

나는 어떻게 위로를 해야 할지 몰랐다. 오히려 사랑 없는 결혼 생활을 굳이 지킬 필요가 없지 않냐고, 자식들도 결혼했고 다 컸으니 언니 삶을 사는 게 낫지 않냐고 했다. 그때는 그 말이 정답 같았다.
하지만 인생에 정답은 없다는 것을 몇 년이 지나 이혼한 것을 후회하는 언니를 보면서 알게 되었다. 4년 전에 남편이 집을 나갔다는 말을 했을 때도 언니는 내게 무슨 일이 있어도 이혼만은 하지 말라고, 요즘 유행하는 졸혼이나 별거로 살라고 신신당부를 했었다. 그

때도 그렇게 말하는 언니를 좀처럼 이해를 못 했다.

사람마다 상황이 다르니 같을 수는 없지만, 그 언니 같은 상황은 외도로 이혼한 남편이 결국은 다른 여자와 재혼해서 살았지만, 3년이 지난 시점에서 잘못된 재혼인 것을 뒤늦게 깨닫고 다시 전처인 언니에게 돌아오고 싶어도 이미 혼인신고를 한 상태라 갈 수 없는 상황이 되었다고 한다.

물론 언니는 그런 이유로 이혼을 말리는 것은 아닐 것이다. 한 번뿐인 삶에서 어떤 선택을 할 때 순간적인 감정이 아닌 많은 생각을 거듭한 후에 선택해야 적어도 세월이 흐른 뒤에 후회하는 일은 없지 않을까 생각해본다.

나는 이혼해보니 무늬만 가족 같다고 생각하며 불행하다고 여겼던 우리 가족이 나름은 행복했었다는 것을 알게 되었다. 더 큰 행복이 있을 거라고 생각하며 살았던 지난 삶이었지만, 사실 행복은 그렇게 찾는 것이 아니라고 말해주는 것 같았다. 지혜롭지 못한 내 생각과 행동은 불행이라는 현실을 겪어야만 깨닫게 되는 것 같았다.

이제는 안다. 불행하니까 행복한 것이라고. 그리고 불행하다고 생각할 때 미처 느끼지 못했던 감사함을 이제는 더 충만하게 느낀다. 지금의 행복과 감사함과 충만함을 나는 이어갈 것이다.

제4장

다 잃고 나서야
알게 된
것들

정말 운이 나빴던 걸까?

"양쪽 다 암인 것 같아요. 한쪽은 혹이 너무 커서 빨리 수술을 해야 할 것 같아요."

초음파 검사를 마친 여의사 선생님이 걱정하는 목소리로 내게 말했다. 설마 했던 일이 일어난 것이다.

안 좋은 일은 한꺼번에 온다더니, 아무리 생존율이 90%인 암이라해도 남편이 이혼할 건지 마음공부를 할건지 선택하라고 한 이런 상황에 왜 몸까지 아픈 것일까…. 조직검사 결과, 양쪽 암인 것으로 나왔다. 급하게 수술 날짜를 잡았다. 고질적인 허리 병으로 회사까지 그만둔 상태인데 1년이 지나서 또 암 수술을 해야 한다니 겁이 났다.

친정 부모님이 모두 암으로 돌아가셨기에 우리 5남매는 항상 암건강에 신경을 쓰는 편이었다. 다행히 요즘 갑상샘암은 축암이라고 할 정도로 생존율이 90%라고 한다. 보험을 많이 들어놓은 사람은 축하한다고 해서 축암이라고 했다.

수술을 집도하는 의사 선생님도 내게 보험은 들어놨냐고 묻는 것을 보면 갑상샘암은 정말 아무것도 아닌 암인 것 같았다. 예상한 대로 수술하는 날 남편은 오지 않았다. 딸이 보호자 서명 란에 동의했고, 무사히 수술을 잘 마쳤다.

퇴원하고 집으로 온 내게 딸은 물었다.
"엄마, 정말 아빠랑 이혼할 거야? 엄마가 한 번만 아빠한테 양보하면 안 돼?"
이과 계통에 소질이 있는 딸이라 그런지 논리적으로 설명해가면서 나를 설득했다.

딸을 생각하면 여전히 가슴이 아프다. 딸의 사춘기 시절, 딸의 마음에 공감해주기보다는 독립적으로 키워야 한다는 생각에 그 마음을 알아주지 못했고, 내 말을 안 듣고 반항하면 오히려 손을 댄 것이 지금까지도 아픔으로 남아 있다. 마음공부를 한 후에는 미안하다고 수십 번 말했지만, 그건 당사자가 마음에서 용서해야만 풀리는 감정이라는 것을 알기에 나는 내내 기다렸다.

"이건 끝마쳐야 하는 공부라서 당분간은 계속 다녀야 해."

나는 행복해지고 싶은 이유까지 말하며 딸이 내 마음을 알아주기를 바랐다. 내가 계속 공부를 하겠다고 하자 남편은 집을 나가버렸다. 그리고 법원에서 만나자는 말과 함께 재산분할에 대해서도 조목조목 말했다. 이 정도면 섭섭하지는 않을 거라며 말이다.

온갖 서러움이 몰려왔다. 그 힘든 시간 동안 참고 견뎌내면서 시부모님도 잘 모시고 보내드렸는데, 왜 인제 와서 내가 좋아하는 공부 좀 하겠다는 것을 못 하게 막는 건지 도저히 납득하기가 어려웠다. 아니 남편이 용서가 안 되었다. '이제 남편 없이 나 혼자 어떻게 살아가나! 청각장애로 돈을 벌 능력도 없는데…' 이런 나를 두고 나간 남편이 더없이 야속하고 용서가 안 돼서 분노가 치밀어 올랐다.

"올케! 올케가 양보 좀 해. 내가 눈물이 다 나오려고 하네. 나를 봐서라도 올케가 한 번만 양보하면 안 될까?"

우리 이혼 소식을 들었는지 애들 고모가 전화하며 울먹이셨다. 시누이는 항상 내게 착한 올케라며 내 마음도 잘 알아주고 이해를 많이 해주던 형님이었다. 또 남편이 제일 무서워하는 누나이기도 했다. 생각지도 못한 남동생의 이혼 소식을 듣고 놀란 듯했다.

나는 '형님이 남편에게 한마디만 했더라면 어땠을까?' 생각해봤다.

'윤주 엄마가 그래도 부모님 잘 모시고 보내드렸으니 네가 그 마음을 생각해서라도 이번만 양보해라'라고 말이다. 왜냐면 남편은 누나 말을 잘 들었기에 가능할 수도 있다고 생각했다. 하지만 팔은 안으로 굽는다는 말만 처절하게 느꼈다.

　암 수술을 하고 남편이 집을 나간 후, 우리는 법원에 가서 이혼서류 접수를 했다. 미성년자 자녀가 있기에 3개월 숙려 기간을 가져야 했다. 남편이 집을 나가면서 나의 불행은 내리막길로 빠르게 내달릴 준비를 하고 있었다. 수입이 없었던 나는 생활비라도 벌어야 했다. 매달 생활비를 주던 남편이 이혼을 선언하고 집을 나갔기 때문이다. 몸이 안 좋은 상황에서 내가 할 수 있는 일을 찾아봐도 좀처럼 없었다.

　갑상샘암 수술은 피곤함이 빨리 찾아온다. 나는 몸도 마음도 너무나 힘든 상황이 되었다. 온라인 부동산 카페를 습관적으로 보던 차에 문장 하나가 내 눈에 들어왔다. 해외 주식으로 투자하면 수익을 올려주고 본인들은 고객 수익의 30%를 수수료 명목으로 가져간다는 홍보 글이었다. 보통 500만 원 투자하면 한 달 수익이 300만 원쯤 되고 1,000만 원을 투자하면 한 달에 500만 원 정도 수익이 난다는 것이다. 얼핏 생각해도 상식적으로 납득이 안 가는 글 내용에 꼼꼼히 묻게 되었다.

　해외 주식이라서 수익이 크게 난다는 거였고, 지금은 홍보 기간이라 별도의 수수료는 안 받고 무료로 진행한다는 내용을 화려한 화술로 전개했다. 나는 큰돈은 할 생각도 없었고 500만 원만 해서 한 달에 200만 원 정도 수익을 올려 생활비로 써야겠다고 생각하고 투자했다.

세상이 어떻게 돌아가는지 몰랐던 나는 K라는 작자가 하라는 대로 사이트에 가입했다. 비밀번호도 설정했더니 해외 주식 목록이 나왔다. K가 내게 주식 목록을 찜해주면 내가 그 주식을 매수하는 방식이다. 매수하게 되면 그 자리에서 수익률이 링크상에 뜬다. 그 주식을 수익이 더 오를 때까지 기다렸다가 다시 매도하는 방식이다. 수익률은 점점 더 올라간다고 했다.

K는 매수든 매도든 타이밍이 중요하다고 하며, 자신이 하라고 할 때 해야지, 마음대로 하면 안 된다고 경고 비슷한 말을 했다. 그게 다 이유가 있었다. 그는 해외 주식이다 보니 베트남, 싱가포르 등등 해외 출장을 다녀온다는 말로 며칠 주식 매도와 매수 건이 없을 때도 안심하게 했다.

사람의 욕심은 끝이 없다고 했는가? 한 달에 200만 원이나 300만 원 정도면 될 거라고 생각하며 시작한 주식은 며칠 사이에 2,000만 원이 넘었다. 나는 이성을 찾았어야 했다.

해외 출장에서 돌아온 K가 갑자기 내게 자기가 해외에서 중요한 미팅을 하고 왔는데, 아주 좋은 소스가 있다고 했다. 이것은 아무한 테나 알려주는 것이 아니고 특별히 VIP 회원만 주는 소스라며 이것을 매수하면 억 단위로 수익을 본다고 했다. 더 확실한 믿음을 주려고 했는지, 아니면 내가 의심하는 것을 방지하려고 했는지 사는 곳이 어디냐고 했다.

서울 강남에서 VIP 회원분들이 한 달에 한 번씩 모임을 하는데 더 좋은 수익을 올리는, 이른바 부자가 되기 위한 모임이라고 했다. 참석하게 되면 더 빠르게 부자가 될 것이라고 했다. 남편이 집을 나간 후 나는 남편에 대한 미움과 화가 머리끝까지 나 있던 상황이었고, 주식 투자를 해서 수익을 보고 있었기에 더 큰돈을 벌어 남편이 없어도 잘 살고 있다는 것을 보여주고 싶다는 어리석은 마음이 작동했다.

VIP 회원인 만큼 첫 매수도 5,000만 원 단위로 넘어갔다. 금세 1억 원이 넘는 수익이 눈앞에서 보였다. 그 모든 것이 가짜 사이트인 줄도 모르고 혼자 망상에 허우적거리며 오로지 올라가는 수익에만 눈이 멀어 금세 10억 원, 20억 원 부자가 될 것 같았다. 그리고 20일 후면 서울 강남에서 VIP 회원들 모임도 있다고 하니 모든 게 사실처럼 보였다.

하지만 점점 불안해지기 시작했다. 큰돈이 들어가고 수익이 크게 올라간 숫자가 보여도 저것을 빨리 매도해 돈을 찾고 싶었다. 나는 불안한 마음에 내 마음대로 매도했다. 그런데 일이 꼬였다. 갑자기 전산상에 오류가 생겼다며 이것을 풀려면 일시적으로 거액을 넣어야만 한다는 것이다. 바로 원금과 수익을 같이 지급한다며 말이다. 생각해보면 말이 안 되는 상황이다. 아니 웃기는 짬뽕 같은 이야기다. 하지만 당시의 나는 그 웃기는 짬뽕 같은 일에 걸려들어 남편이 주고 간 이혼자금을 통째로 넣는 사고를 저질렀다.

엄마는 사고뭉치

들어오기로 한 돈이 시간이 지나도 들어오지 않았다. 불안한 마음을 가다듬고 K라는 작자한테 메시지를 보냈다.

"어떻게 된 거예요? 시간이 지났는데 입금이 안 됐네요."

"네, 회원님! 조금만 기다리시면 바로 될 겁니다. 입금자가 많아 잠시 지연되는 것뿐입니다. 그리고 진심으로 축하드립니다. 많은 수익을 보셨으니 저희 사이트 홍보 글도 다른 카페에 많이 올려주세요. 아셨죠?"

얼마나 비웃었을까…. 세상에는 나처럼 바보 같고 어리석은 사람도 있다는 게 웃겼을 것이다. 입금되기로 약속된 시간에 K는 이미 카카오톡에서 '알 수 없음' 상대가 되어 있었다.

그렇게 큰돈을 한 방에 날린 것이 믿어지지 않았다. 아들이 고2, 딸이 24살이었다. 앞이 캄캄했고 방망이질하는 심장을 어떻게 해야 멈출 수 있는 건지 알 수 없었다. 할 수만 있다면 심장을 꺼내서 멈추게 하고 싶었다. 그렇지 않으면 그 전에 내가 먼저 어떻게 될 것만 같았다.

살면서 너무 많이 흘려 더 이상 나오지 않을 것 같았던 눈물이 이번에는 둑이 무너진 폭포처럼 나왔다. 나는 정신을 잃었다. 남편이 나갔기에 그 돈은 내게 생명 같은 건데 한방에 없어졌으니 내게 왜 이런 일이 일어났는지 신이 있다면 따져 묻고 싶었다. '내가 대체 무슨 잘못을 했길래 저한테 이런 가혹한 시련을 주시는 건가요?' 하며 울고 또 울었다. 내가 할 수 있는 건 하염없이 쏟아지는 눈물을 닦는 것뿐이었다.

너무 속상한 마음에 선원 스님께 말씀을 드렸다. 내가 마음공부를 진심으로 하려는 게 보였는지 공부하면서 어려움이 생길 때면 간혹 피드백을 주시기도 했기 때문이다. 주식을 했다고 혼만 났다. 어이없어하셨다. 하기 전에 미리 물어보기라도 하시지 그랬냐며, 그렇게 어리석으면 공부 진도 못 나간다고 하셨다. 개과천선해야 한다고 하셨다.

확실히 나는 어리석었다. 어떻게 하는 공부가 올바른 건지 모르는 게 분명했다. 지금 생각해보면 나는 모든 것을 스님께서 막아주신다고 착각한 것이다. 매일 신도님들 축원을 하며 안 좋은 일은 부처님께 스님이 빌고 있으니 우리 신도님들은 든든한 부처님 백이 있어 얼마나 다행이냐고 했기 때문이다. '부처님과 신도님들 사이에는 통하는 것이 없다. 그래서 중간에 부처님 제자 스님이 계시는 것이다' 그 말에 난 스님을 신처럼 생각한 것이다. 나뿐만 아니라 선원 신도들 모두 다 그랬다.

애들한테 들었는지 남편이 집으로 들어왔다. 내가 큰돈을 날렸으니 혹시나 극단적인 선택을 할까 봐 들어온 것이다. 그렇게 해서 우리가 하기로 했던 이혼은 잠시 물 건너갔다. 나간 지 3개월 만에 들어온 남편은 5kg은 살이 빠진 듯 말라 있었다. 마음고생이 컸다는 게 한눈에 보였다.

나는 남편을 따라 현장을 다니며 일을 도와주었다. 갑상샘암 수술로 피로가 금세 왔기에 현장 일이 여간 힘든 게 아니었다. 무거운 공구 가방도 들어야 했고 오랜 시간 차를 타고 돌아다녀야 했다. 고질적인 허리 병이 다시 나타날까 봐 불안했다. 새벽에 나가 저녁에 들어와 저녁 준비를 해야 하는 다람쥐 쳇바퀴 같은 생활이 6일간 이어지고 쉬는 건 하루가 되자 몸은 점점 지쳐갔다. 그래도 내가 큰돈을 날렸으니 미안한 마음에 아무 말도 못 했다.

남편은 언제나 내게 갑이었고 나는 을이었지만 큰돈을 날린 후에는 갑이라는 위치가 더 확연하게 드러났다. 같이 새벽에 나가 힘들게 일하고 저녁에 들어와 살림하는데 남편은 내게 생활비만 주었다. 그것도 전에 주던 생활비보다 적은 금액이었다. 현장에서 일할 맛이라도 나게 아르바이트비를 조금 달라고 했다. 남편은 아직도 정신을 못 차렸다는 듯 나를 쳐다보았다.

마치 '당신이 지금 아르바이트비를 달라고 할 처지야? 돈 날린 거 생각 안 해?'라고 말하는 듯했다. 물론 남편 말이 틀린 건 아니었다. 하지만 나는 내가 일한 값은 조금이라도 받고 싶었을 뿐이다. 그럼 나도 직장 생활을 하든 기술을 배우든 따로 돈을 벌겠다고 했다. 현장에서 나를 무시하는 듯한 남편의 태도가 따로 돈 벌고 싶은 마음을 부추겼다. 큰돈을 날렸어도 하나도 변한 게 없는 듯한 나를 본 남편은 아직도 정신을 못 차렸다며 또다시 집을 나갔다.

들어온 지 3개월 만에 또 나간 것이다. 이제는 무슨 일이 생겨도 다시는 들어오지 않을 거라며, 들어온 게 실수였다는 듯 미련 없이 나갔다. 당장은 애들이 있으니 한 달에 생활비 100만 원만 주겠다고 했다. 나머지는 알아서 하라고 했다. '어디 한번 나가서 돈을 벌어봐라. 그동안 내가 벌어다 주는 돈으로 편하게 산 건 생각을 안 하는 것 같은데, 세상이 그렇게 만만한 줄 알아?' 나가는 뒷모습이 그렇게 말하는 것 같았다.

처음에 남편이 나갔을 땐 갑상샘암 수술을 했는데, 두 번째 나갔을 때는 고질병인 허리가 또다시 탈이 났다. 같이 현장에 다니며 무거운 짐을 들어 허리에 무리가 간 건지, 아니면 또다시 집을 나간 남편에 대한 분노와 미움이 허리로 옮겨간 건지 알 수 없지만 걸을 수가 없었다.

"수술해야 합니다. 이 정도로 통증이 심각한 상황인데 참고 있는 것도 대단하네요?"

정형외과 의사 선생님이 MRI 찍은 사진을 보며 말했다. 나는 지쳤다. 허리가 아파도 수술만은 피하려고 한방병원에서 치료한 것이 아무 소용이 없는 것도 이제는 지쳤다.

하필이면 왜 남편이 집을 나간 시점에 허리에 탈이 났는지 정말 화가 났다. 이제부터는 내가 벌어 먹고살아야 할 판인데 몸이라도 건강해야 할 상황에 수술을 해야 하니 정말 앞이 캄캄했다. 다시 남편한테 잘못했다고 할까? 그러면 자존심 강한 남편이 들어올까? 설사 들어온다고 해도 선원에 간다고 하면 또다시 나갈 텐데…. 꼬리에 꼬리를 무는 생각은 답도 없었다.

남편이 나가지 않았어도, 그래서 허리 때문에 일을 하지 않고 집에만 있었어도, 나는 마음이 힘들었을 것이다. 지금 다시 생각해도 그때 남편은 나간 게 제일 나은 선택이었고, 잘한 일이라 말해주고 싶다.

허리 수술을 했다. 수술하니 그렇게 죽을 것만 같은 통증이 거짓말처럼 사라졌다. 통증이 없으니 날아갈 것 같았다. 진작 이렇게 수술했어야 했다며, 괜히 완치도 안 되는 한방병원에 입원해서 돈만 날렸다고 큰오빠에게 투덜거리며 말했다. 큰오빠도 허리 수술을 2번이나 했기에 누구보다 내 마음을 이해해주었다. 수술한 허리는 6개월 동안 관리가 중요하니 몸 잘 챙기라며 오빠는 내게 신신당부했다.

남편이 또다시 집을 나가자 딸이 내게 불편한 감정을 내비쳤다. 묻는 말에 대답을 피하는 것이 그랬고, 내가 돈을 날리는 바람에 호주 유학을 못 간 것을 못내 아쉬워했다. 호주 유학을 보내준다고 큰소리치며 아빠 없이도 엄마가 다 공부할 수 있도록 지원을 해주겠다고 했는데, 사이트 피싱으로 사기를 당했으니 딸 입장에서는 유학을 못 간 게 속상할 만도 했을 것이다.

하지만 나도 날리고 싶어서 날린 돈도 아니고 또 누구보다 돈을 날린 내가 제일 힘든데 어쩌다 묻는 말에 퉁명스럽게 대답하는 딸이 나도 서운하기는 마찬가지였다. 그래도 어찌 됐든 부모로서 지혜롭지 못한 행동을 한 것은 두고두고 반성할 일이었다.

"안녕하세요? 서울 경찰서입니다. 혹시 주식으로 사기를 당하신 적 있나요?"

사기를 당하고 신고한 지 1년 만에 범인을 잡았다고 서울 경찰서에서 전화가 왔다. 나는 범인을 잡았다는 소리에 너무 기뻤다. 일단 범인을 검거했기 때문에 더 이상 피해 보는 사람이 없겠다는 생각에 기뻤고, 두 번째는 조금이라도 돈을 받을지도 모른다는 희망이 있었기 때문이다.

경찰서에서는 내가 피해를 본 금액은 약소한 편이라고 했다. 정말 많은 사람이 큰돈을 사기당했고, 조직적으로 하는 사람들의 수법이기 때문에 범인을 잡는 데도 굉장히 어려움을 겪었다고 했다. 서울중앙지방법원에서는 3년 동안 법정 싸움을 했지만 진짜 범인은 교도소에 이미 들어가 있는 상태였고, 경찰이 잡은 사람들은 중요한 직책이 아닌 심부름 역할을 맡은 사람들이었다. 그것도 하루 벌어 하루 사는 사람들이었다. 내가 받을 수 있는 돈은 없었다. 그런데 이 이후에 내가 또 사고를 칠 줄은 누가 알았을까.

고집부리다 놓친 행복

고질병인 허리 수술로 퇴원하고 집에 왔지만, 걱정이 이만저만이 아니었다. 이제는 무엇을 해서 먹고살아야 할지 막막했다. 아무리 생각해보아도 청각장애가 있는 내가 할 수 있는 일은 없었다. 허리 수술로 아직 몸이 안 좋으니 청소나 주방 설거지도 무리였다.

그쯤에 코로나가 터지면서 일자리는 더욱 구하기가 힘들어졌다. 우리 집 사정을 잘 알고 계신 선원 스님께서 먹고사는 문제로 내가 고민하는 것을 알았는지 피드백을 주셨다. 직장 생활보다는 기술을 배워 사업을 하는 게 그나마 잃은 돈을 복구할 수 있고, 또 집 나간 남편에게 잘 사는 모습을 보여주는 게 최고의 복수라는 말도 해주셨다. 나중에 선원 큰 데로 이사 가면 배운 기술로 공덕을 쌓으면 일도 잘 풀릴 거라는 말도 주셨다.

스님께서는 선원 와서 점점 상황이 어려워지는 내가 못내 안타까우셨는지, 나중에 공덕이라도 쌓으라며 기술을 배우라고 했다. 나는 무조건 기술을 배워야겠다고 생각했다. 남편을 따라다닐 때 현장에서 눈여겨본 인테리어필름 기술이 생각이 났다. 바로 학원에 등록했다. 50일 과정 수료가 끝나면 바로 현장에 투입되어 프리로 돈을 벌 수 있다고 했기에, 나는 열심히 배웠다.

남자들이 하는 현장 일이라 용어도 생소했고, 잘 듣지 못하는 나는 다른 사람보다 2배로 노력해야만 따라갈 수 있었다. 그런데 신은 이런 나를 시험이라도 하고 싶었는지 수료 10일을 남겼을 때 수술한 허리에 또다시 이상이 생겼다. 엉덩이와 허벅지 쪽으로 통증이 너무 심해 걸을 수가 없었다. 병원 가서 MRI를 다시 찍었더니 재발이 되었다며 원래 수술하고 6개월 안에 재발이 잘 된다고 당연하다는 듯이 말하고는 다시 수술해야 한다고 했다. 더 어이가 없었던 것은 지난번에 수술한 레이저가 아닌 이번에는 칼로 집도하는 개복을 해야 한다는 것이다.

몸은 아프고 기술은 배워야 하는데, 먹고살아야 하는 것이 이렇게 힘든 일인지 정말 막막했다. 수술하면 배운 기술은 물 건너가는 상황이 되었다. 그렇다고 다시 수술한다 해도 완치가 된다는 보장도 없었다. 10일만 하면 끝나는 수료 기간도 아까웠다.

나는 부처님께 살려달라고 기도했다. 이제부터는 내가 벌어 먹고 살아야 하니 지금까지 잘못 살아온 삶이 있다면 용서해달라고, 이제부터는 올바른 삶을 살겠다고 간절하게 기도했다. 그러다 유튜브 영상 하나가 눈에 들어왔다. 부처님께서 나를 위해 보내준 영상 같았다. '바른 척추 자세' 운동이었다.

"진리는 단순하다. 내가 잘못해서 망가진 척추, 바른 자세로 돌려 놓는다" 이 한 문장이 나를 유혹했다. 아마 '진리'라는 단어에 혹했는지 모른다. 무조건 3개월만 해보라는 말에 나는 책과 필요한 도구들을 구입했다. 알고 보니 그 운동을 지도하는 센터도 몇 군데 있기는 했다.

비용 문제도 있었지만 내가 혼자 할 수밖에 없었던 이유는 시간이 갈수록 움직이지 못했기 때문이다. 센터에 가려면 움직여야 하는데 나는 한 걸음도 못 나갈 정도로 극심한 통증에 시달려야 했다. 진통제를 먹어가며 간신히 필름 기술 수료를 끝낸 후 허리 운동에 몰입했다.

사람이 죽을 각오로 어떤 일에 임한다면 그 일은 반드시 이루어진다는 것을 운동을 하면서 알았다. 그까짓 운동으로 무슨 허리를 고치냐며 빨리 수술하라고 친정 오빠들이 난리를 쳤을 때도 귓등으로 듣고 넘겨버렸다. 혼자가 된 나는 어떻게든 허리를 고쳐서 먹고살아야 했기 때문이다. 만일 내게 의존할 수 있는 누군가가 있었다면 너무나 힘들고 고통스러운 시간이었기에 포기했을지도 모른다. 내가 살면서 이런 각오를 단 한 번이라도 했던 적이 있었나 할 정도로 열심히 했다. 그렇게 나는 죽기 살기로 해냈다.

운동으로 허리를 회복할 즈음 배운 기술로 천천히 현장에 나가서 돈을 벌기 시작했다. 처음 하는 일인 만큼 밑바닥 생활이 어어졌다. 나는 묵묵히 사장님들 비위를 맞춰가며 열심히 일해 돈을 벌었다. 남편이 보내준 생활비 100만 원도 꼬박 저축해나갔다. 나중에 선원이 큰 데로 이사 가면 배운 기술로 공덕을 쌓을 준비도 하면서 말이다. 현장 일이 힘들 때마다 업장도 닦으면서 공부하는 행복한 삶을 꿈꾸며 버텼다.

코로나로 인해 선원도 어쩌다 한 번씩 법회를 했고 선원 스님께서는 내가 운동으로 허리까지 고치고 현장 일을 묵묵히 해나가는 것을 보고 놀랐는지 대단하다며 신도들 앞에서 칭찬까지 했다. 그랬다. 나는 스님께 인정받고 싶었는지 모른다. 남편도 누구도 안 해주던 인정을 스님께서 해주니 기분이 좋았다. 그렇게 열심히 일하며 시간은 흘러갔다.

어느 날이다. 갑자기 선원 카페 공지 란에 충격적인 글이 올라왔다. 스님께서 신도들에게 수억 원의 돈을 빌려 주식 투자를 했다는

것이다. 그래서 파계를 당해서 쫓겨났다는 것이다. 나는 또 한 번 딜
레마에 빠졌다. 그동안 내가 무슨 짓을 한 건지 도무지 갈피를 잡을
수가 없었다.

내가 하는 공부는 최고의 마음공부다. 그런 공부를 가르쳐주시는
분은 최고의 스님이라고 친구들이나 친정 식구들에게 떠벌리고 다
녔는데, 더군다나 집을 나간 남편과 아들, 딸이 이 소식을 듣는다면
내가 어떻게 비칠지 머릿속에서 빠르게 돌아가는 필름은 나를 어지
럽게 만들고 있었다. 너무 화가 났다.

"권 보살님은 어떻게든 선원에 공덕도 쌓고 공부할 수 있도록 제
가 힘을 쓸 테니 돈을 많이 버세요. 공부하려면 돈은 필요합니다."
그동안 이렇게 말한 스님께서 더군다나 올바른 삶을 살아야 하는
이유를 수없이 신도들에게 말씀하셨던 분이 저런 잘못으로 쫓겨났
다니…. 무언가 크게 잘못된 것 같았다. 왜냐면 내가 주식으로 큰돈
을 날렸을 때도 크게 꾸짖던 스님이었기 때문이다.

하지만 공지글은 하나도 틀린 것이 없는 진실이었다. 왜 내게 자
꾸만 이런 일이 벌어지는 건지…. 갑자기 모든 게 허무하게 느껴졌
다. 누구도 믿을 수가 없었다.
"꼴 좋다. 그렇게 잘난 체하면서 신처럼 떠받든 스님이 신도들 돈
으로 주식을 하냐?"라며 주변 사람들의 비난이 화살처럼 내게 날아

오는 것 같았다.

이 모든 것은 어리석은 나의 고집으로 일어난 일일까? 고집을 부린 탓에 이 지경이 된 것일까? 그 먼 거리를 7년간 눈이 오나, 비가 오나 3교대 근무를 하면서 정성을 다했는데… 나도 한번 행복한 삶을 살아보겠다고, 석가모니 부처님도 이 공부를 했다고, 이 세상 유일무이한 공부라고, 완벽한 진리라고, 남편이 반대하며 집을 나가도, 주변에서 종교에 미쳤냐는 말을 들으면서도 행복한 내 삶이 펼쳐질 거라는 희망만을 품으며 부처님을 믿고 스님을 믿고 다닌 결과가 고작 이런 거였다니…. 얼굴을 들고 다닐 수가 없을 정도로 나 자신한테 너무 화가 났다.

카페 공지글도 내가 아는 지인들이 볼까 봐 너무 무서웠다. 이제부터 내가 무엇을 해야 할지 몰랐다. 스님의 스승이라는 대선사님이 새로 부임했다고 새롭게 다시 공부한다고 했다. 나는 웃기는 거짓말 같은 소리라고 생각했다.

옛말에 '제자를 보면 스승을 안다'고 했는데 제자였던 스님의 스승님이라고 별수 있을까 싶었다. 오히려 나는 "똑바로 하라고, 제자를 가르치려면 똑바로 가르치라고, 잘못 가르쳐서 일이 벌어진 뒤에 제자를 쫓아내고 본인이 다시 공부를 가르친다는 게 말이 되냐고? 신도들이 당신들 봉인 줄 아냐고?"라며 고함을 지르며 따지고 싶었다. 가슴이 너무 답답했다.

　거리가 먼 것도 있었지만 배신감이 느껴지는 선원을 더 이상 다닐 수가 없었다. 계속 다니는 것은 내가 알고 있는 부처님 말씀과는 거리가 먼 행동이라고 생각했기 때문이다. 선원을 떠나니 갑자기 마음이 공허했다. 이 공허한 마음을 돈 귀신은 알았는지 내게서 돈을 빼갈 준비를 하고 있었다. 현장에서 번 돈과 남편이 보내준 돈을 차곡차곡 모아놓은 적금이 만기가 되었다는 알림 문자가 떴다. 나는 또 한 번 돈 귀신이 설치해둔 수렁에 빠지게 된다.

나도 가끔은 위로받고 싶다

우리는 삶을 살아가면서 누군가에게 위로를 받으면 힘이 날 때가 있다. 위로도 사랑처럼 힘을 주고 용기를 주고 감동까지 선사한다. 연인이나 친구, 그리고 가족의 위로는 인간관계에 꼭 필요한 것이 아닐까 생각해본다. 나도 힘든 상황에 위로를 받아 감동으로 눈물까지 흘린 적이 있다.

아들이 사춘기가 되자 친구들과 어울리면서 집에 안 들어오는 날이 잦아지고 급기야는 학교도 안 가는 사태까지 되자 집이 발칵 뒤집혔다. 남편도 나도 너무 힘들어 지쳐만 갔을 때였다. 화장대 위에 한 권의 책이 놓여 있었고, 그 위에는 예쁜 글씨로 쓰인 편지가 있었다. 지금도 나는 그 감동의 위로 편지를 갖고 있다.

엄마! 내가 고등학교 2학년 때, 혼자 너무 힘들 때 읽으면서 위로를 받았던 책이야! 책 많이 읽는 엄마는 왠지 이미 읽었을지 모르는 아주 유명한 책이지만, 엄마 요즘 힘들어하는데 내가 해줄 수 있는 일이 뭔지 고민하다가 생각해낸 게 겨우 이거야! 엄마도 이거 읽고 파이팅! 힘냈으면 좋겠어! (어제 아르바이트 하러 가기 전에 엄마 주려고 새로 산 거야)

— 사랑하는 딸

혜민 스님의 책이었다. 나는 생각지도 못한 딸의 위로 편지를 받고 너무나 큰 감동이 밀려와 눈물이 볼을 타고 흘러내렸다. 딸은 아들과 달리 어려서부터 순하게 컸다. 딸 같은 자식이면 열도 키우겠다고 했을 정도로 신생아 때는 울지도 않고 보채는 것 없이 시간 되면 잘 먹고 잘 자는 모범생 같은 아기였다.

사춘기가 왔을 때도 부모를 애태우는 것 없이 공부도 잘하는 야무지고 똑똑한 딸이었다. 나는 딸의 편지를 읽고 굉장히 고마웠다. 아들 때문에 딸에게는 세심하게 신경을 못 써서 미안했는데, 도리어 내게 힘내라고 위로 편지를 써주다니…. 혼자 힘들었을 딸을 생각하니 미안함과 고마움이 몰려왔다. 이런 딸과 지금은 거리가 멀어진 상황이다. 내 잘못이기에 내가 할 수 있는 건 시간이 해결해주리라 믿고 기다리는 것뿐이다.

'로또 당첨이 되었습니다'라는 알림 문자가 왔다. 바로 삭제했어야 했다. 나는 매주 로또복권을 사고 있었다. 수동과 자동을 번갈아가며 샀기에 그 문자를 클릭했다. 참고로 이 책을 읽는 독자들은 그런 문자가 온다면 절대 클릭하지 말고 그대로 삭제하길 바란다.

전화로 이야기를 들어보니 요즘 자동으로 하는 애플리케이션이 많이 생기는 것에 착안해서 사기를 치는 수법이었다. 그때는 왜 몰랐을까? 자동 프로그램으로 기계를 개발했고 정확하게 로또 당첨이 되기에 당첨자가 많이 나오면 그 기계를 비싼 가격으로 회사에 대여하든지 판매한다는 것이다. 그러니 무료로 번호를 제공한다고 했다. 나는 그럴듯한 논리에 또 넘어갔다.

이것저것 설명했고 가입해주셔서 감사하다며 쿠팡 사다리 게임 홀짝 사이트를 알려주었다. 쿠폰으로 2만 원을 지급하면서 말이다. 평일 오후 1시, 저녁 7시, 하루에 2번 정도 단톡방에서 방장 주도하에 홀짝 게임으로 배팅하는 것이다. 그리고 이 단톡방을 나가면 무료 로또 번호는 받을 수가 없다. 무료 로또 번호를 받기 위해서라도 나가면 안 되는 것이다. 단톡방 사람들은 당연하다는 듯이 다들 재미로 5,000원, 많게는 2만 원 정도로 배팅을 했다. 방장이 잘하면 다들 돈을 벌었고, 못하면 잃는 날도 있었다. 그리고 개인 배팅을 하기도 했다. 나중에 안 사실이지만 단톡방에는 바람잡이가 있다고 한다. 그 사람의 역할은 개인 배팅을 해서 돈을 벌었다고 말하는 역할이다.

그런 바람잡이가 많았는지 너도나도 개인 배팅을 해서 돈을 벌었다는 사람이 많았다. 심지어 한번 배팅을 하면 두 달이 지나야만 두 번째 배팅 날짜를 잡을 수 있다고 했다. 그만큼 사람이 밀렸다는 이야기다. 모든 게 다 쇼였지만 말이다.

나는 만기된 예금도 있었기에 솔깃했다. 또 선원을 안 가니 미래에 대한 불안한 마음이 있었는지 빨리 돈을 벌어서 안정된 삶을 살고 싶었다. 개인 배팅에 대한 문의를 했다. 얼마를 하실 거냐고 묻는 말에 1,000만 원 한다고 했더니 이왕 하는 거 2,000만 원 하라고 했다. 왜냐면 확실한 배팅이고, 그리고 다음 배팅은 두 달이나 기다려야 한다는 이유였다. 할 때 좀 더해서 수익을 보라며 말이다.

나는 내가 이렇게 말을 잘 듣는 착한 사람인지 몰랐다. 아니 난 확실히 어리석은 사람이었다. 지금 이 상황이 3년 전과 다를 게 하나도 없는데, 완전 수법이 똑같은데 왜 캐치를 못 한 건지…. 난 내가 바보 같고 어리석은 사람이란 것을 이번 일을 통해서 확실히 알게 되었다.

보기 좋게 그들의 속임수에 넘어가 2,000만 원을 날렸다. 여기서 그만 접었어야 했다. 하지만 남편이 보내준 돈 안 쓰고 꼬박 저축하며 힘들게 번 돈이었기에 어떻게든 찾고 싶었다. 만약 1,000만 원만 해서 잃었다면 안 했을지도 모른다. 왜냐면 무서웠기 때문이다. 심장은 그만하라는 듯 오그라들고 있었다.

"안녕하세요? 먼저 죄송합니다. 이런 일은 원래 한 번도 없었는데 …. 아, 3년 전에 딱 한 번 있었습니다. 하지만 바로 재배팅해서 본전 찾고 수익도 얻었습니다. 그러니 염려하지 마시고 다시 재배팅해주시면 이번에는 틀림없이 잃은 돈과 수익도 얻을 수 있습니다."

사기꾼은 아주 정중하고 예의 있게 말했다.

"저는 큰돈 필요 없어요. 제가 잃은 2,000만 원만 복구해주시면 돼요."

떨리는 가슴을 부여잡고 말했다. 사실 너무 떨려서 뭐라고 말했는지 기억도 없다.

"그럼 이번에는 4,000만 원을 배팅하셔야 순조롭게 본전과 수익 모두 찾을 수 있습니다."

왜 4,000만 원을 해야 하는지 이유를 아주 자세히 설명했다. 나 같은 사람만 있으면 저 사기꾼들은 평생 놀고먹어도 될 것 같았다. 나는 해야 할지 말아야 할지 너무 혼란스러웠다. 4,000만 원을 걸어도 잃을 수도 있으니 판단이 안 섰다. 그렇다고 2,000만 원을 이대로 날리는 것도 너무 화가 나는 상황이었다. 내가 불안해서 못하겠다고 하자 이 악마는 내게 아주 달콤한 제안을 했다. 나는 그 달콤한 제안을 이 악마가 나를 진심으로 생각해준 거라고 철석같이 믿는 바보 역할을 맡았다.

"죄송하고 속상해서 저 나가서 담배 한 대 피우고 오겠습니다."

내가 돈을 잃은 게 속상하다며 어떻게든 복구해주겠다고 동정심을 유발했다. 나는 또 거기에 속아 넘어갔다. 내가 이렇게까지 세상 물정을 모를 거라곤 생각도 못 했다. 이제부터 방장의 달콤한 제안이 시작된다.

"한 가지 물어볼게요."

"네, 말씀하세요. 뭔데요?"

"비밀을 꼭! 지켜주셔야 합니다. 이건 정말 밖으로 새어나가면 제 목이 날아갑니다. 철저한 비밀이 보장되어야만 돈도 찾아줄 수 있고 수익도 많이 가져갑니다."

"무섭게 왜 그러세요? 뭔데요? 비밀 지킬 테니 말해보세요."

"혹시 유출답지라고 알고 있을까요?"

"네? 그게 뭔데요? 시험 볼 때 답안지 말하는 건가요?"

"네, 맞아요. 그거예요. 저희가 1년에 한 번은 사다리 배팅할 때 홀 짝 번호를 업체에다 돈을 주고 답지를 사 와서 그것을 보고 배팅을

합니다."

"그런 게 있어요? 말도 안 돼요. 누가 그런 답지를 돈 주고 사나
요?"

"방장끼리는 암암리에 다하고 있습니다. 그 한 번을 저는 아직 안
했어요. 이번에 파란 님(내 닉네임) 거랑 같이 하려고요."

"무슨 말인지 저 하나도 모르겠네요. 그래서 어떻게 하라는 건데
요?"

"이건 답지를 보고 하는 거라 한 번에 최대한 큰 금액으로 배팅하
는 겁니다."

돈 주고 사 온 답지라 틀리면 업체 쪽에서 돈을 물어주게 되어 있
는 방식이라고 했다. 여기에 걸려들었다. 내가 돈 욕심이 과했던 것
일까? 아니면 정말 나를 생각해주는 것 같은 저 사기꾼한테 넘어가
서 그랬는지 알 수가 없다.

있는 돈을 다 모으고, 대출을 받을 수 있으면 다 받으라고 했다. 어
차피 답안지를 보고 하는 거니 무조건 정답이라고 했다. 그래서 나
는 보험약관대출, 융자대출 ,카드론대출, 현금서비스 등 할 수 있는
대출은 죄다 받아서 의기양양하게 억 단위가 넘는 배팅을 했다. 간
이 부은 건지, 아니면 배짱이 큰 건지 모를 일이었다. 나도 내가 이렇
게까지 어리석게 배포가 큰지 몰랐다.

떨리는 마음으로 하라는 대로 배팅 준비를 했다. 분명 앞에 답지를 보여주면 그 숫자에 배팅하면 된다고 해서 그대로 했더니 실패로 떴다. 1초도 안 돼서 억이 넘는 돈이 내 눈앞에서 날아갔다. 그런데 그는 내게 카카오톡 메시지로 배팅하지 말라고 했다는 것이다. 업체 쪽에서 답지가 바뀌었다고 보류하라고 했다는 것이다.

'사기는 이렇게 치는구나!' 싶었다. 배팅하고 나서 카카오톡 알람이 울렸는데, 무슨 그전에 하지 말라고 보냈다는 건지 어이가 없었다. 다 짜고 치는 판이라는 것을 그제야 알게 되었고, 이제 정신 차렸냐는 듯 이성은 나를 비웃고 있었다.

돈보다 가치 있는 일을 하자

두려움이라는 건 어떤 것일까? 지금 생각해보면 태어나서 큰 두려움을 느낀 것은 인생에서 3번 정도였던 것 같다. 첫 번째는 어렸을 때 추운 겨울밤에 감기 걸린 오빠 약을 엄마가 내게 사 오라고 심부름을 시켰을 때다. 두 번째는 사춘기로 집을 나간 아들이 방황을 끝낸 건지 어쩔 수 없이 들어온 건지 나 스스로 믿음이 없을 때, 들어온 아들 눈에서 살기가 느껴졌을 때다. 그리고 세 번째가 한 번의 배팅으로 억대의 돈이 날아간 순간이다.

첫 번째와 두 번째는 두려움이라는 글자만 알았을 뿐 그때 당시 그것이 큰 두려움이었다는 것을 알지 못했다. 가슴만 알고 있는 두려움이었던 것 같다. 하지만 세 번째 두려움은 달랐다. 내가 그동안 알고 있던 두려움은 두려움이 아니었다는 것을 알게 해주는 공포의 두려움이었다. 어떻게 살아가야 할지 모르는 캄캄한 두려움이었다.

내가 숨 쉬고 있는 것 자체가 두려움이었다.

세상 모든 사람이 내게 손가락질을 하는 것만 같았다. 어디 할 게 없어서 도박으로 억대의 돈을 날리냐고 비웃는 것 같았다. 희망도 없는 마음으로 경찰에 신고했지만, 직원은 귀찮다는 듯 이건 불법 도박이라고 했다. 마치 나이를 먹을 만큼 먹은 사람이 이제껏 이런 것도 몰랐냐며, 그리고 아무리 돈에 미쳤어도 그렇지, 어떻게 이렇게 큰돈을 한방에 배팅하냐며 한심하다고 내게 말하는 것 같았다.

그렇게 나는 도박을 한 여자가 되고 말았다. 나중에 안 사실이지만 그때 배팅을 한 것이 실패가 아닌, 적중이었어도 엄마는 그 돈 못 찾는다고 군대에 있는 아들이 말해서 알게 되었다. 세상 사람들은 다 아는데 나만 모르고 있는 것이 못 견디게 창피했고, 나 자신이 너무 싫었다.

확실히 나는 돈 귀신에 걸려든 것이 맞았다. 전에는 유튜브를 보면서 돈 버는 광고를 볼 때도 관심도 없었는데 돈이 나가려고 했는지 그런 광고만 눈에 들어오기 시작했다. 코인 광고, 부동산 광고, 클래스원 광고 등 모든 광고가 하나같이 진짜이니 믿어보라는 듯 열심히 광고하기 시작했다.

그중에서 나는 재단에서 직수입으로 사 와 상장되면 수익을 많게는 500%까지 본다는 코인 광고를 선택해 투자했으니 말이다. 순간의 배팅으로 억대의 돈이 날아간 나는 배팅하기 전에 미리 투자해둔 코인에 조금이라도 희망을 걸었던 것 같다. 아니 믿고 싶었는지 모른다. 이 코인만 잘되면 그나마 빚은 만회될 것 같았기 때문이다.

하지만 나는 코인 사기로 인해 돈을 노리는 사기꾼들의 특성만 더 자세히 알게 되었을 뿐이다.

"회원님! 혹시 청약저축은 없을까요? 또 조그만 주식 같은 거 사 놓은 것도 있으면 이번 코인에 투자하세요. 지금 회원님 상황이 안 좋으니 저축 해지하시고 주식 팔아서 코인에 투자하세요. 그럼 훌짝 배팅으로 손해 본 것 다 복구됩니다."

어떻게 잊고 있었던 청약저축과 여유 있을 때 사 두었던 해외 주식 몇 개가 있는 것까지 알았을까? 그렇게 사기꾼들은 인정사정없이 집 안에 있는 돈이라는 돈은 싹 빼간다. 보기 좋게 그 코인은 사기 코인으로 네이버 검색창에 떴다.

나는 가진 게 없는 빈털터리가 되고 말았다. 이 모든 게 선원을 떠난 3개월 사이에 일어났다. 그동안 내가 했던 공부는 결국 빈털터리가 되는 공부였다. 돈에 눈이 멀어 욕심을 부른 공부를 한 것이다. 예전에 남편이 내게 '돈밖에 모른다'라고 했던 말이 떠올랐다.

사람이 궁지에 몰리면 염치도 차릴 줄 모른다더니, 난 서류상으로는 아직 부부인 남편을 찾아갔다. 그리고 하라는 대로 다 할 테니 살려달라고 애원했다. 태어나 처음으로 두려움이 무엇인지, 어떤 것인지 절실히 알게 되었기 때문이다. 3년 만에 느닷없이 찾아온 나를 본 남편은 놀랐는지 당황한 모습이 역력했다.

나는 남편이 용서해준다면 무엇이라도 할 것 같았다. 왕처럼 떠받으며 살라면 그렇게 할 수 있을 것 같았고 투명 인간 취급을 해도 괜찮을 것 같았다. 그만큼 나는 빈털터리가 된 것이 두려웠다. 하지만 남편은 그 두려움에 맞서 보라는 듯 냉정하게 거절했다. 본인한테 불똥이 튈 것을 느꼈는지 카드값은 갚아줄 테니 이혼서류에 도장을 찍으라고 다그쳤다. 또한, 어떻게 사기를 당했는지 이체 내역서를 하나도 숨기지 말고 딸에게 주라고 했다. 그래야 카드값도 갚아준다며 말이다.

자식한테만은 엄마가 도박으로 돈을 날린 것을 숨기고 싶었지만, 실패했다. 실낱같은 희망을 품고 갔던 나는 싸늘한 남편의 반응에 정신이 돌아온 건지, 아니면 이런 내가 바보 같아 창피했는지 눈물만 흘리다 얼른 집에서 나왔다.

엄마가 또 돈 사고를 쳤다는 것을 아빠에게 들었는지 이번에는 딸과 아들이 합동해서 내게 이혼을 권유했다. 마치 내가 이혼을 안 해주면 엄마로 안 볼 것처럼 말이다. 자식에게까지 엄마 자격을 잃은 나는 순간 갈 곳을 잃었다. 죽어야겠다고 생각했다. 그리고 이혼하기로 했다. 죽는 마당에 남편에게 피해를 주고 싶지 않았기 때문이다. 그렇게 마음을 먹고 나니 오히려 마음이 편했다.

처음 법원에 이혼 접수를 하러 갈 때와는 다르게 눈물이 전혀 나오지 않았다. 덤덤하게 빠르게 이혼 수속을 마쳤다. 미성년 자녀도 없으니 한 달 만에 남남이 되었다. 딸은 나를 굉장히 어이없어했다. 나도 몰랐던 도박이었다고 했지만, 네이버에 검색하면 초등학생도 다 아는 일이라며 말도 안 되는 변명까지 하는 엄마 말은 이제 믿지 못하겠다고 했다. 사귀던 남자친구가 있었는지 나중에 장모 될 사람이 도박으로 돈을 날린 것을 알게 될까 봐 창피했던 모양이다.

"엄마가 그렇게 광신도처럼 믿던 스님도 신도들 돈으로 도박했다며? 그렇게 아빠가 선원에 가지 말라고 했을 때 안 갔으면 이런 일도 없잖아! 엄마가 내 혼삿길 망친 거 알아? 이혼 가정에, 집 한 채 없고, 노후 준비도 안 되어 있고 직업도 비전 있는 전문직도 아니고 단순노동 일용직에 돈 쉽게 벌어보겠다고 도박으로 몇억 원이나 날리고 빚까지 있는 장모를 누가 좋아할까? 안 그래? 엄마 같으면 그런 가정의 며느리를 좋아하겠어?"

법원을 다녀온 내 앞에서 딸이 한 말이다. 다 맞는 말이었기에 화가 났다. 너무 몰아세우는 딸이 밉기도 했지만, 자식 앞에 초라한 내게 더 화가 났다. 고작 이러려고 내가 이 세상에 태어나 그 많은 설움과 상처를 받으며 살아왔나 싶었다. 내가 이 땅에 온 이유가 무엇인지 수없이 묻고 또 물었던 게 아무런 의미 없는 몸부림이었다는 사실에 화가 났다.

죽어야겠다고 생각한 나는 어떻게 죽을까 고민했다. 죽었다는 사람들의 사례를 하나씩 떠올려보았다. 차 안에서 번개탄, 수면제 과다복용, 베란다에서 뛰어내리는 등의 죽는 방법을 생각하니 눈물이 하염없이 흘러내렸다. 친정 언니, 오빠들이 떠올랐다. 부모님 대신 동생들 키우느라 고생만 한 언니, 오빠에게 제대로 호강도 못 해줬는데…. '이럴 줄 알았으면 평소에 좀 더 잘해줄 걸…' 하는 미안한 마음과 고마웠던 마음이 올라와 주체할 수 없이 눈물만 흘러내렸다. 어쩌다 이 사달이 난 건지 나 자신이 밉기도 했고 또 서럽기도 했다.

실의에 빠져 어떻게 해야 할지 모르던 중에 군에 있던 아들에게서 카카오톡 메시지가 왔다.

"엄마, 많이 힘드시죠? 이미 일어난 일이니 어쩔 수 없는 거잖아요. 다음부터 조심하시면 돼요. 그리고 무슨 투자라든지 그런 거 하실 때는 저한테 물어보고 하세요. 예전에 저도 잘못된 게임으로 빚진 거 엄마가 대신 갚아준다고 했을 때, 일부러 도움 안 받은 거예요. 그래야 다시는 안 할 것 같았거든요. 엄마도 이번 일은 엄마 혼자 해결하시는 게 좋을 것 같아요. 그래야 다시는 잘못된 투자를 안 해요.

그리고 힘내세요. 엄마! 몸 건강하셔야 하니 잘 챙겨 드시고요. 그렇게 큰일 아니니 힘내시고, 다시 시작하시면 돼요. 사랑해요, 엄마!"

나는 한참을 울었다. 따뜻하고 세련된 아들의 충고에 미안하고 고마워서 눈물이 한없이 나왔다.

"진리는 단순하다. 내 잘못으로 망가진 척추는 내가 바로 잡는다."
이 말은 비단 척추만 이야기하는 것이 아님을 알게 되었다. 삶도 마찬가지다. 내 잘못으로 일어난 일이다. 나는 잘못 살아온 내 삶에 책임을 져야만 했다. 그동안 행복보다는 돈에 집착했다는 것을 뒤늦게 알게 된 나는 돈보다는 가치 있는 삶을 살자고 다짐하고 또 다짐했다.

내가 먼저 행복하기

'소확행'이란 말이 있다. '작지만 진정한 행복'이라는 뜻이다. 요즘 젊은 사람들은 이 소확행을 많이 실행하는 것 같다. 점심을 먹고 나면 직장 건물에서 나와 옆 건물 카페에 앉아 한 잔의 커피와 소소한 수다로 힐링 타임을 갖는 모습을 많이 보게 된다. 그런 모습을 보면 왠지 나도 덩달아 기분이 좋아진다.

내게는 어떤 것들이 소확행일까? 편안하고 정다워 보이는 연인들의 웃음이나 붉게 타오르는 저녁노을의 아름다운 풍경을 볼 때면 내면에서 알 수 없는 따뜻함과 충만함이 교차한다.

남편과 이혼을 하고 나는 청소일을 시작했다. 빚이 많아 이자도 내야 했고 생활도 해야 하는 처지가 되었기에 무엇이든 해야만 했다. 필름 기술을 배운 현장 일은 현장에 있는 기계음과 보청기 주파가 맞물리면 보청기가 종종 고장나기도 했고, 또 선원에 공덕 쌓으려 했던 일이었기에 선원과 멀어지면서 자연스럽게 접었다.

처음 하는 청소였지만 즐겁게 하려고 노력했다. 마음을 닦는다는 심정이 이런 건가 싶게 아무 생각 없이 청소에만 몰입한 것 같다. 청소하고 있는 회사 안에는 30년이 넘은 벚꽃 나무가 무수히 많다. 벚꽃이 필 때면 유명한 벚꽃 관광 축제가 부럽지 않을 만큼 너무 예쁘고 아름다웠다.

나는 벚꽃을 바라보았다. 모든 것을 다 잃고 난 후 바라본 벚꽃은 이전에는 보지 못한 섬세한 아름다움과 고귀한 우아함이 있었다. 그리고 맑고 순수한 하얀 꽃잎이 오랜 고목 나무에서 피어나는 강인한 모습에 매료되어 점심을 먹고 나면 벚나무 벤치에 앉아 한참을 힐링하다 오곤 했다.

그렇게 벚꽃은 내가 처음으로 느껴본 소확행이 되었다. 해마다 본 벚꽃인데 처음으로 아름답다고 느꼈다. 나는 소확행을 모르고 살아온 것이다. 행복을 찾아 돌아다녔지만 진정한 행복이 무엇인지 알지 못한 것이다. 그러다 뒤늦게 알게 된 것이다. 진정한 행복은 밖에 있는 큰 것이 아니라 내 안에 있는 작은 것부터 시작이라는 것을.

얼마 전, 친구 셋이서 점심을 먹다가 친구 A가 우울한 모습으로 속상하다고 했다. 언니네 부부가 사이가 안 좋은지 모든 푸념을 A에게 털어놓는다는 것이다. 처음엔 A도 언니가 안 돼 보여 위로 차원에서 열심히 들어주었지만, 점점 늘어가는 푸념에 이제는 A도 지쳐간다고 했다. A는 언니가 행복하면 자신도 기분이 좋고, 반대로 언니가 우울하면 자신 역시 덩달아 우울해진다고 했다. 이러다 자기도 우울증에 걸릴 것 같다며 말이다. 언니 기분에 따라 A의 기분도 달라지는 것이 안타까워 나는 A에게 조심스럽게 다 받아주지 말고 어느 정도 선에서 끊으라고 했다. 왜냐면 언니보다 본인이 더 소중하기 때문이다. 내 말을 듣고 있던 친구 B가 자기도 그런 경험이 있었는지 받아주다가 끊는다는 게 쉽지 않다고 했다.

우리는 나보다는 남을 먼저 챙기는 마음 때문에 쉽게 못 끊는 것이다. 하지만 내 마음이 행복하지 않다면, 상대방의 하소연을 들어줄 힘이 없다. 그러니 내가 먼저 행복해야 한다. 내가 먼저 행복하고 그 행복이 흘러넘치면 그 넘치는 마음을 다른 사람에게 줄 때, 저절로 행복이 흘러가지 않을까 생각한다. 그제야 다른 사람의 울적한 기분도 편안하게 들어줄 수가 있다.

내가 마음공부 하러 선원에 다닐 때다. 학교 공부와는 다르게 처음 하는 공부가 얼마나 재미있고 행복했는지 3교대 근무를 하면서도 피곤한 줄도 모르고 다녔다. 그러던 어느 날이었다. 갑자기 동네 슈퍼 사장님에게 전화가 왔다. 초등학교 6학년인 아들이 친구들과 슈퍼에서 과장을 훔쳐서 달아나다 사장님께 걸린 것이다.

너무 놀란 나는 바로 슈퍼에 갔다. 얼마나 심각했는지 경찰도 와 있었다. 아들이 구석에 서서 우는 모습이 보였다. 훔친 게 맞냐고 나는 아들한테 조용히 물었다. 아들은 같이 훔치자고 유혹하는 친구들에게 안 한다고 했더니, 그럼 너는 하지 말고 망만 봐달라고 해서 망을 보았다는 것이다. 나는 슈퍼 사장님께 용서를 구하고 선처해달라고 했다. 경찰도 애들이니 한번은 용서하고 넘어가지만, 다음부터는 안 된다고 했다.

아들은 눈물 콧물 범벅에 몸이 두려움으로 얼어 있었다. 엄마를 기다리며 얼마나 무서웠을까 싶었다. 왜냐면 난 그때만 해도 굉장히 엄한 엄마였기 때문이다. 아들은 분명 내가 오자마자 등짝을 때릴 것으로 생각한 듯싶다. 직접 과자를 훔친 건 아니어도 같이 그런 행동을 했으니 말이다. 평소에도 남의 물건에 손을 대는 행위는 절대 있을 수 없는 일이라고 밥 먹듯 말했기에 슈퍼 사건은 더더욱 엄마를 화나게 하는 일임이 분명했다.

난 아들을 데리고 건너편에 있는 피자집으로 갔다. 정확히 기억은 안 나지만 엄마가 잘못 키워서 미안하다고 말한 것 같다. 그리고 나지막이 먹고 싶은 것이 있으면 사달라고 하고, 다음부터는 그런 일을 하면 안 된다고 한 것 같다.

"엄마는 너를 믿고 사랑한다"라고 말하며 아들을 꼭 안아주었다. 이후부터 나는 아들 마음을 헤아려주려고 노력했던 것 같다. 잘못을 훈계하기보다는 믿고 사랑한다는 말로 스스로 반성하길 바랐다.

물론 예전의 나였다면 때리지는 않았어도 큰소리로 고함을 질렀을 것이다. 하지만 내 마음이 행복하니 고함보다는 사랑으로 대하고 싶었다. 아들은 엄마가 선원 다닌 이후로 달라졌다며 좋아했다. 결과적으로는 안 좋은 일이 되었지만 말이다.

그때 공부를 하며 알게 된 것은 그동안 내 행복이 아닌 다른 사람을 위한 행복을 중심에 두고 살았다는 것이다. 그러니 마음속에 항상 희생한다는 의식이 있었고, 상대방의 기분에 따라 내 마음도 달라지는 것을 당연하게 받아들였다.

내가 우울하면 주변에 우울한 사람만 있게 된다. 그러면 우울한 사람이 내게 도움을 요청해도 내가 해줄 수 있는 것이 없다. 결국에는 같이 우울한 감정만 쌓여가는 관계가 될 수밖에 없다. 죽고 싶다는 생각이 들 때마다 이유를 몰랐는데 그것을 알게 되면서 우울한 감정이 정말 무섭다는 것을 알았다. 그 후로는 우울한 마음이 심해질 땐 무조건 나가서 걸었다.

낙엽 사이로 비치는 따가운 햇빛에 눈이 부셔 손바닥으로 햇볕을 가리며 걷기도 했다가, 가만히 서서 햇볕을 응시하기도 했다. 태양이 주는 고마움을 가슴으로 느끼며 말이다. 맨드라미가 활짝 핀 앞 공원 산책로를 걸을 때면 이름 모를 꽃들에 마음이 뺏겨 가슴이 간질거리는 것을 느끼기도 했다. 그러다 불어오는 시원한 바람에 특유의 향기로운 냄새가 있다는 것을 깨닫고 새삼 놀라기도 했다. 어둑해진 밤거리를 걷다가 출출해질 때 먹는 편의점 핫바와 따뜻한 한 잔의 아메리카노 커피는 경험해보지 않은 사람은 모를 것이다. 가만히 앉아서 행복해지기를 바라는 것이 아닌 내가 움직여야 한다.

내가 먼저 행복해야 한다. 그래야 내 삶에 시련이 와도 이겨나갈 힘이 생긴다. 그리고 그 힘은 다른 사람의 힘든 마음도 받아줄 수 있는 큰 사랑이 된다. 나는 오늘도 자연이 주는 아름다움과 경이로움에 흠뻑 취해서 소소한 행복의 자양분을 스스로에게 건넨다. 이 책을 읽는 여러분도 행복을 찾아서 느껴보라. 분명 힘이 생길 것이다.

믿음은 마법의 시작이다

내가 마음공부를 시작하고 얼마 안 되었을 때다. 초등학교 6학년이었던 아들이 슈퍼 사건으로 친구들에게 왕따를 당했다는 것을 알게 되었다. 그 일을 알게 된 것은 책상 정리를 하다가 예전에 쓴 일기장을 우연히 발견했기 때문이다. 보는 순간 마음이 너무 아려왔다. 혼자 마음고생 했을 아들의 아픔이 내게도 느껴졌기 때문이다. 그때만 해도 '왕따'는 사회적으로 이슈가 될 만큼 큰 사건이었다.

중학교에 들어간 아들은 왕따로 인헤 친하게 지내는 친구들이 없었는지, 아니면 호기심이었는지 끼리끼리 모인다는 친구들과 어울리면서 점점 반항하기 시작했다. 아들이 왕따로 힘들었다는 것을 모르는 우리 부부는 친구들과 어울리다 늦게 귀가하는 아들을 마음에 안 들어 했다. 급기야 남편은 아들을 집에 못 들어오게 하는 상황까지 만들었다. 그렇게 아버지와 아들의 대립은 점점 커져만 갔다.

잘못하면 학교 출석 일수가 모자라 다시 3학년을 다녀야 하는 상황이 되었기에 어떻게든 아들 마음을 돌려 학교에 가게 만드는 것이 우선이었다. 담임 선생님을 찾아가 면담도 하면서 행여나 밖에서 사고라도 칠까 봐 친구들을 데리고 오더라도 집에서 자라고 타일렀다.

아빠 말보다는 내 말을 더 따랐던 아들은 가끔 친구들을 데리고 집에 들어와 자기도 했다. 지금은 그 모든 일이 웃으며 이야기하는 추억이 되었지만, 그때는 하루하루가 심장을 조여올 만큼 긴장의 연속이었다. 아들 문제로 집안이 살얼음판이 되는 날이 많았기 때문이다.

학교에 가는 것이 지옥 같았던 내 지난 삶이 떠올랐다. 큰오빠와 언니가 이런 심정이었겠구나 싶었다. 중학교 졸업만은 시켜야 했기에 학교에 안 가겠다고 고집부리는 내가 오빠와 언니는 얼마나 힘들었을까? 부모님도 안 계시고 자식도 아닌 동생을 책임져야 하는 상황에 말은 하지 않았어도 가슴은 까맣게 타서 들어갔을 것이다. 나는 아들을 보며 큰오빠와 언니에게 고맙고 미안한 마음이 들어 앞으로 좀 더 잘해주어야겠다고 다짐했다.

학교 출석 문제로 애간장을 태웠던 아들은 출석 일수를 미리 계산한 건지, 아니면 밖에 나가서 고생한 건지 남편과 여러 번 대화 끝에 집에 들어오게 되었다. 나는 오랜만에 집에 들어온 아들을 보며 두려움이 몰려왔다. 까맣게 탄 얼굴에서 살기가 느껴졌기 때문이다.

어린아이만 같았던 아들이 나가서 마음고생으로 성장을 한 건지 다른 집 아이 같았다. 나는 온몸이 두려움으로 떨고 있는 나를 보았다. 나중에 안 일이지만 그때의 두려움은 내가 나를 못 믿어서 오는 두려움이었다. 아들과 싸워서 이겨야지만 다시는 아들이 반항을 못 할거라는 생각으로 두려움과 싸운 것이다.

아들에게 학교에 가야 하는 이유를 조목조목 말했다. 공부를 잘하고 못하고는 나중 문제이며 학생으로서의 규율은 지켜야 한다며 큰소리로 엄포를 놨던 것 같다. 사실 속으로는 그렇게 큰소리로 다그치면서도 아들이 또다시 문을 박차고 나갈까 봐 얼마나 마음이 조마조마했는지 모른다. 다행히 아들은 나가서 한 고생이 약이 되었는지 아니면 체념했는지 조용히 잘못했다고 했다. 그 후로 아들은 내게 꼬박 존댓말을 했다. 나는 묵묵히 내 말을 들어준 아들에게 고마움을 느꼈고 내 안의 두려움과 싸워서 이겨낸 나 자신이 기특했다.

그때부터였다. 아들에게 믿음이 생기기 시작했다. 아들은 공고에 들어갔다. 하지만 중학교 트라우마가 있었는지 학교 생활에 적응을 못 했다. 급기야는 호기심으로 한 인터넷 게임에 걸려들어 친구들에게 돈을 빌리는 사태가 벌어졌다. 그동안 잘못한 것도 많은데 또 부모님께 이런 일로 심려를 끼치는 것이 아들 입장에서는 마음이 지옥이었을 것이다. 내가 이 일을 알기 전에 남편이 먼저 알았는지 불 같은 성격의 남편은 한 소리한 모양이었다.

난 친구들에게 빌린 돈을 대신 갚아줄 테니 학교생활을 잘 이어가라고 했다. 하지만 아들은 이미 결단한 듯 자퇴하겠다고 했다. 그러고는 내게 제 뜻을 존중해달라고 말했다. 나는 아들에 대한 믿음이 있었기에 여러 번 대화를 나눈 후 자퇴서를 쓰게 했다. 그때부터 아들은 스스로 식당 주방보조 아르바이트를 하며 돈을 모으더니 친구들에게 빌렸던 몇백만 원의 돈을 모두 갚았다.

내게도 그동안 마음고생시킨 것 죄송하다며 용돈을 건넸다. 그것은 짠함과 감동으로 나를 울렸다. 그리고 아들은 졸업했던 중학교를 찾아가 다시 고등학교 원서를 상고 쪽으로 냈다. 지금은 야간이 없어지고 통합상고가 된 그 학교는 내가 졸업한 고등학교였다. 아들이 내 고등학교 후배가 된 것이다. 이 무슨 우연의 일치인지 오묘한 마음이 들었다.

나는 아들이 졸업만이라도 잘하길 바라는 마음이었다. 평소에 요리 쪽으로 가고 싶어 했던 아들은 2학년이 되면서 금융 쪽으로 관심을 보이기 시작했다. 그리고 세무, 회계 쪽으로 마음을 굳히면서 전교에서 3등 안에 드는 실력을 보이더니 그 방면으로 취업하려고 노력했다.

담임 선생님이 내게 아들이 굉장히 예의 바르고 공부도 잘한다며 누구보다 열심히 노력하고 있으니 어머니께서도 칭찬을 아끼지 말라며 전화를 했다. 당시 나는 남편이 집을 나가면서 주고 간 큰돈을 사이트 피싱으로 날리고 우울한 날들을 보내고 있었다.

아들은 엄마가 돈을 날린 것이 자기 탓인 것 같다고 생각했는지 엄마를 보호하지 못한 자신이 너무 싫었다는 말을 취업 서류 전형란에 적은 것을 나중에 청소하다가 우연히 발견한 적이 있다. 아들은 어떻게든 공기업에 취업해서 엄마를 기쁘게 해드려야겠다고 다짐을 한 듯싶었다.

"하늘은 스스로 돕는 자를 돕는다"라는 말이 있다. 열심히 노력한 아들은 전국에서 2명만 채용하는 공기업에 3차 면접까지 통과하면서 합격하는 쾌거를 올렸다. 아들을 향한 믿음은 마법을 일으키는 것 같았다. 중학교 때부터 사춘기로 인해 마음고생을 시키며 자랐기에 도무지 믿어지지 않는 일이었다. 한참 지나서야 아들은 내게 말했다. 집을 나간 후 고생하며 바닥을 찍은 경험이 성장하는 데 밑거름이 된 것 같다고 말이다.

마음고생시킨 엄마에게 너무 죄송해서 한 번쯤은 자랑스러운 아들이 되고 싶었다고 말하는 아들을 통해 나는 자식에 대한 믿음이야말로 바르게 성장하게 하는 도구라는 확신이 생겼다. 누군가를 믿는다는 것은 그 사람을 생각했을 때 마음이 편안하다는 것을 의미한다. 불안하거나 걱정하는 마음이 생기면 믿음이 성립되지 않는다.

특히 부모는 자식에 대해 늘 걱정하게 마련이다. 90세인 노모가 70세인 아들을 걱정하는 것도 다 자식이기 때문이다. 자식이 잘되길 바라는 마음에 걱정하는 것이지만, 걱정을 한다고 해서 자식이 잘되는 것은 아니다. 불안과 걱정보다는 자식을 믿고 격려해주어야 자식이 마음이 편해져 원하는 일들을 할 수 있게 된다는 것을 알자.

나는 이 믿음을 경험하며 '믿음은 바라는 것들의 실상이요, 보이지 않는 것들의 증거'라는 말을 깨닫게 되었다. 내 지나온 삶을 비추어봤을 때, 일이 잘 풀렸을 때는 믿음이 있었지만 뭔가 잘못되었을 때는 믿음보다는 불안과 의심이 있었다는 것을 깨달았다.

여기 마음을 울리는 믿음 명언이 있다. 한 번쯤 믿음에 관해 생각해보자.

"우리에게 믿음의 대상으로 다가온 것에 믿음을 가질 수 없다면, 자신 안에서 믿을 무언가를 찾아야 한다. 왜냐하면 무엇인가에 대한 믿음이 없는 삶은 살기에 너무 좁은 곳이기 때문이다."

-조지 e.우드버리(George E. Woodberry)

제5장

우연히
성장하는 사람은
아무도 없다

일찍 철이 든 아들에게

사랑하는 아들 기주야!

엄마는 지금 너의 이름을 부르는데 눈물이 왈칵 쏟아진다. 일찍 자리 잡고 사회 생활도 착실하게 잘하고 있는데 왜 눈물이 나냐고? 미안해서 그런가 보다.

옛날 어른들 말에 부모 자식은 2가지 연으로 맺어진다고 하더라. 빚을 갚으러 오는 자식이 있고, 반대로 빚을 받으러 오는 자식이 있다고 한다. 부모한테 효도하는 자식은 빚 갚으러 왔다고 하고, 불효하는 자식은 빚 받으러 왔다며 말이다. 너는 어떤 자식일까? 가만히 생각해보면 너를 키우는 과정은 엄마가 공부해야 할 인생의 숙제 같은 시간이었던 것 같다.

새끼 호랑이 3마리가 푸른 잔디밭에서 옹기종기 모여 놀고 있는 모습이 어찌나 예쁘던지 엄마가 한참 바라보는데 그중에 한 마리가 엄마에게 와서 손을 비비더니 손가락을 앙증맞게 깨물더라. 그 꿈을 꾸고 네가 엄마한테 온 거야. 태몽이 좋아서 엄마는 너를 가졌을 때 기분이 좋았단다.

임신 5개월까지는 입덧이 너무 심해서 꼼짝을 못해 식사 문제로 누나하고 아빠가 고생이 많았단다. 누나가 4살 때다. 엄마가 입덧으로 누나를 케어할 수가 없어서 아빠가 누나를 데리고 다니면서 일하기도 했었지.

어느 날, 병원에 갔는데 중요한 부분이 안 보였는지 딸이라고 해서 살짝 서운한 면도 있었지. 하지만 누나를 가졌을 때하곤 다르게 배 속에서 너무 힘차게 놀아 깜짝 놀랄 때가 많았어! 그래서인지 엄마는 병원에서 딸이라고 말한 것이 오진일 거라는 확신이 생겼던 것 같다.

4.4kg으로 네가 세상에 태어나던 날, 건강한 장군감이 나왔다고 병원의사 선생님이 활짝 웃으면서 잘생겼다고까지 덤으로 말하더라. 4.4kg이면 보통 아기가 태어나고 한 달이 지나야만 나오는 몸무게인데, 너는 태어나자마자 4.4kg이었으니 그럴 만도 하신 거지. 거기다 자연분만으로 진통이 시작된 지 30분 만에 나온 데다 여자아이인 줄 알았는데 남자라서 의사 선생님도 간호사도 살짝 당황하신

듯 했단다. 아들이라는 말에 엄마도 아빠도 기분이 좋은 것을 숨길 수가 없었지. 그때는 그랬단다. 누나가 딸이었으니 아들도 있으면 좋겠다 싶었던 거지.

누나만 키웠을 때는 신생아들이 다 누나 같은 줄만 알았다가 너를 키우는데 정말 말도 못 할 정도로 힘들었단다. 너는 누나처럼 바닥에서 자는 법이 없었고 흔들침대도 불편했는지 울기만 하고 꼭 엄마 등에 업어야만 잠을 잤단다. 주변에 외아들만 있는 지인분들이 키우는 데 너무 힘들어서 하나만 낳았다고 말했던 심정을 엄마는 너를 통해 알 것 같았다. 그만큼 아들은 신생아 때 키우는 게 힘들다는 것을 말이지.

할머니, 할아버지는 나이 드시고 할 일이 없으신데다 적적한 시점에 네가 태어나서 일상이 너를 보는 것만으로도 생기가 넘치시고 활력이 생기는 여생을 보내다 가셨단다. 네 이름도 할아버지께서 큰돈을 주고 유명한 작명 집에서 지어오셨다고 하셨어. 조금은 구두쇠였던 할아버지께서 큰돈을 들여서 이름까지 지어오신 거 보면 너를 끔찍이 사랑했다는 것을 엄마는 알 수가 있었단다. 너는 그렇게 집안의 웃음과 사랑을 선사하는 존재였단다.

백일이 지나자 네 피부에 아토피가 심해 엄마도 너도 힘든 시간을 보내게 되었지. 약에만 의존하면 스테로이드 성분이 나중에 성인이 되어서도 낫지 않을뿐더러 약의 내성으로 인해 고통스러운 가려움으로 힘든 시간을 보낸다는 선배 엄마들 말에 병원 약을 싹 끊고 무조건 천연 요법으로 온몸에 진물이 나는 아토피를 고치느라 엄마도 너도 고생이 많았었지. 지금도 그 생각을 하면 엄마는 가슴이 아프다. 엄마보다도 아픈 네가 가려움으로 얼마나 힘들었는지 옆에서 보았으니 말이다. 다행히 2년 동안 꾸준히 노력해서 깨끗하게 나아진 것을 보면서 고생한 보람도 있었지만, 엄마 역할을 제대로 한 것 같아서 뿌듯하기도 했단다.

네가 일곱 살 때인 것 같다. 누나랑 같이 셋이서 대둔산 등산을 갈 때도 힘들다고 짜증 한 번을 안 내고 정상까지 올라가는 모습을 보고 주위 등산객분들이 기특하다면서 자녀들을 강하게 잘 키운다며 엄마에게 최고라고 엄지손을 올려줬을 때는 너하고 누나 덕분에 어깨가 으쓱하기도 했단다. 지금도 당시 정상에서 찍었던 사진을 볼 때면 엄마는 다시 그 시절로 돌아간 듯해서 웃음이 나올 때가 많단다. 그렇게 엄마 머릿속에는 너와 누나가 커갔던 모습들이 영화 필름처럼 저장되어서 언제든 필름을 돌리면 스크린에 펼쳐지는 영화관이 되기도 한단다.

기주야! 생각나니? 어렸을 때 엄마가 너에게 '엄마' 하면 떠오르는 단어가 무엇이냐고 했을 때, 네가 뭐라고 대답했는지 말이야. 너는 배시시 웃으면서 "조폭"이라고 말했단다. 너의 그 말에 폭소했지만 사실 속으로 얼마나 놀랐던지…. "멋진 엄마"라고 말할 줄 알았는데 생각지도 못한 '조폭 엄마'라는 말에 엄마를 다시 반추하는 계기가 되었단다. 사람들은 본인이 어떤 사람인지 모른다는 사실을 엄마는 기주를 통해서 알게 되었어. 엄마도 그때는 나이만 어른인 아이 같은 엄마였다는 거야.

사춘기가 시작되면서 변해버린 기주를 보면서 사실 엄마는 많이 무서웠단다. 엄마도 사춘기 방황을 겪었지만, 엄마와는 다르게 심각한 수준인 것 같아서 걱정이 이만저만이 아니었거든. 어떻게 하면 기주가 사춘기를 잘 넘길까 나름 고민도 하고 부처님께 기도도 했어. 지금까지 엄마 인생에서, 자식을 가진 부모로서 가장 위태로운 순간이 그때가 아니었나 싶다.

기주야! 그래도 누구보다 가장 힘든 사람은 바로 너였다는 것을 엄마는 잘 안다. 그 힘든 순간을 잘 이겨내고 새사람이 되어 돌아온 너의 모습은 학생인데도 마치 10년은 훌쩍 자란, 어른 같은 아들로 엄마 앞에 있는 것 같았다.

아빠가 집을 나가고 엄마가 사이트 피싱으로 수억 원을 날렸을 때, 이제 막 고등학교 2학년인 네가 공기업에 취업하려고 독하게 마음먹고 공부하더니 전교 1, 2, 3등 하면서 학교장추천서에 입사 지원서에 시험에 면접까지 통과하면서 전국에서 2명만 채용하는 시험에 당당하게 합격했을 때, 엄마는 꿈만 같아서 세상을 다 가진 것처럼 좋았단다. 사춘기로 엄마 마음고생을 시킨 아들이 맞나 싶을 정도였지. "엄마! 누나하고 저를 넓은 마음으로 품어주셔서 감사합니다! 엄마, 아프지 마시고 건강하게 오래오래 행복하셨으면 좋겠어요. 세상에서 가장 존경합니다. 엄마, 사랑합니다!"라며 군대도 안 간 애가 마치 군대 간 아들이 보낸 것처럼 쓴 편지에 얼마나 울었는지 모른다.

언젠가 엄마랑 차 한잔 마시며 대화하다가 너의 생각이 요즘 애들 같지 않게 어른스럽게 느껴져서 엄마가 네게 물었지.

"기주야, 네 나이 때는 대부분 그런 생각을 안 하는데, 너는 다르게 생각하네."

그랬더니 네가 한 말 생각나니?

"엄마, 저는 이미 바닥을 한번 찍어봤잖아요. 그때 그 경험이 저를 성장시킨 것 같아요."

그 말을 듣는데 가슴이 아려왔단다. 어린 나이에 얼마나 힘들었으면 그런 생각을 했을까 싶어서 기특하면서도 마음이 아프더라.

기주야! 이렇게 일찍 철이 들어버린 너에게 엄마는 입이 열 개라도 할 말이 없단다. 네가 작년에 군에 있을 때 엄마는 또 어이없는 사기를 당해서 억이 넘는 빚잔치를 벌였잖아. 아빠도 누나도 다 이제는 엄마를 포기하고 무시하는 와중에도 너만은 엄마를 엄마로 대해준 것이 너무 미안하고 고맙기도 하고 부끄럽기도 했다.

못나고 부족해도 엄마라고 엄마로 대해줘서 고맙다, 아들! 어버이 날이나 생일에 용돈이라고 줄 때마다 엄마는 눈물이 사무친다. 남들처럼 응석도 부리고 사랑도 듬뿍 받으면서 자랐어야 했는데, 그렇지 못하고 너무 어른 같은 모습에 엄마는 미안한 마음이 크다.

이제는 엄마도 다시 마음잡고 새롭게 삶을 시작하려고 한다. 아들에게 부끄럽지 않은 엄마가 될 것을 약속하마! 이번 생에 엄마 아들로 와줘서 정말 고맙다. 사랑한다, 기주야!

그 누구의 삶도 완벽할 수는 없다

어떻게 사는 삶이 완벽하다고 할 수 있을까? 돈이 많으면 성공한 삶이라고 생각하며 돈만 좇다가 돈을 다 잃고 나니 그동안 돈 관리의 중요함을 모르고 살았던 지난 삶이 후회되었다. 벌써 1년이 다 되어간다. 처음에는 두려움에 떨면서 아무것도 못 하고 죽고만 싶었다. 어떻게 죽을까 생각해보기도 했었다. 아마도 돈은 내게 있어 생명과도 같은 존재라고 생각했기 때문인 것 같다.

하지만 내 삶은 나 혼자만의 것이 아니라는 것을 알았다. 내가 죽고 없어진데도 물론 세상은 잘 돌아갈 것이다. 하지만 나와의 인연으로 가족이 되어 남아 있는 사람들의 심적 고통은 어떨까? 반대로 내가 잘 알고 지내는 사람이 잘못된 선택으로 생을 마감한다면, 나또한 심적 고통이 이루 말할 수 없을 것이다. 내 목숨이라고 내 마음대로 하면서 남아 있는 사람들의 마음은 안중에도 없다면, 그거야말로 이기적인 처사가 아닐까 생각해본다. 또 한편으로는 이대로 죽기에는 너무 억울했다.

아니다. 어쩌면 억울하다는 핑계로 죽을 용기가 없었는지도 모른다. 죽고 나면 저세상이 두려웠던 건 사실이니까. 분명 태어난 소명이 있을진대 스스로 생을 마감한 벌을 받을 것 같았다. 우리는 이 세상에 온 이유가 분명히 있을 것이다. 그렇게 쉽게 끝내려고 온 것은 아닐 것이다.

나는 삶을 바라보는 관점을 바꾸기로 했다. 분명 이렇게 된 데는 이유가 있을 거라고 생각했기 때문이다. 잘못된 생각으로 살아온 내 지난 삶을 다시 올바르게 바로잡아 살아야겠다고 생각했다. 그리고 그 누구의 삶도 완벽할 수 없다는 것을 알았다.

잘 알고 지내던 예전 직장 동료 언니가 있다. 나보다 4살 더 많은 이 언니는 나뿐만 아니라 직장 내의 다른 직원들도 부족함이 없는 삶을 산다며 다들 부러워하던 언니였다. 자식들도 잘되어서 걱정할 일이 없었고 남편도 잘나가는 사업가였다.

남부럽지 않게 1년에 해외여행도 몇 번씩 다녀오는 언니를 보면서 팔자도 좋다며 부러워하곤 했었다. 그랬던 언니가 뇌출혈로 쓰러져 중환자실에 있다는 비보를 접했다. 나는 좀처럼 충격이 가시지 않았다. 나는 언제 어떻게 될지 모르는 여생을 어떤 마음가짐으로 살아야 할지 생각하게 되었다.

친정 식구 5남매는 모이면 가정마다 으레 한 가지 이상은 꼭 걱정이 있다고 말한다. 돈 걱정을 안 하면 자식이 취업이 안 돼서 걱정이었고, 어느 집은 자식이 머리가 좋아서 이것저것 배우고 싶은데 형편이 안 돼서 마음껏 지원을 못 해줘서 걱정이고, 또 어느 집은 혼기가 꽉 찬 자식들이 결혼할 생각도 안 하고 있는 게 걱정이었다. 나 같은 경우는 언제 또 사고 칠지 모르는 사고뭉치인 내가 걱정이다. 이렇듯 우리는 불완전한 삶 속에서 완벽한 삶을 살아가기 위해 실패하면서 교훈을 얻고 배우면서 성장한다.

내가 원하는 삶이 아니라고 낙담할 필요는 없다. 무엇인가 잘못된 삶이란 것을 알았다면 다시 시작하면 되는 것이다. 우리는 어쩌면 완벽한 삶이 아니기에 좀 더 노력하고 치열하게 살고 있는지도 모른다.

내 삶만 불완전하고 비참하다면 우리가 사는 지구는 조화롭지 못할 것이다. 누구에게나 똑같이 주어진 삶이다. 그 속에서 우리는 각자의 역할을 충실히 해나갈 때 성취감을 맛보며 행복한 삶을 영위해나가는 것이 아닐까 생각해본다. 물론 삶의 무게가 짐처럼 느껴질 때도 있다. 하지만 그 짐 속에서 우리는 기회를 찾을 수 있다. 모든 것은 생각하기 나름이다. 나도 생각을 바꾸었기에 전 재산을 잃었어도 다시 시작할 용기를 낸 것이다.

그리고 시작할 수 있는 건강한 몸이 있다는 것에 감사했다. 아무리 돈을 많이 가진 백만장자라 해도 건강을 잃으면 아무 소용이 없다. 스티브 잡스(Steve Jobs)도 젊은 나이에 업적만을 남기고 세상을 떠났다. 물론 본인이 원하던 꿈을 이루고 갔으니 억울하지는 않을 것이다. 하지만 어떤 죽음이든 떠날 때는 슬픈 것이다. 잡스는 좀 더 사랑하는 사람들과 많은 시간을 보내지 못한 것이 후회된다고 했다.

우리는 이렇게 유명한 사람들의 죽음을 통해서 많은 생각을 하게 된다. 어떨 때는 부와 성공을 거둔 사람이 일찍 죽음을 맞이하는 것을 보며 허무한 생각이 들 때도 있다. 그리고 우리도 언젠가는 죽는다는 것을 다시금 깨닫는다. 과연 우리는 죽음을 맞이하는 순간에 그동안 잘 살았다고, 행복한 삶이었다고, 웃으며 죽음을 맞이할 수 있을까? 나는 종종 그런 생각을 해본 적이 있다.

하지만 나의 지난 삶이 어떠했든 간에 이미 과거다. 아무런 문제가 되지 않는다. 중요한 것은 지금 이 순간부터 어떻게 살 것인가다. 그리하여 죽음을 맞이하는 순간에 나는 아무런 후회 없이 잘 살았노라고 말할 수 있는가다.

내가 지금 이렇게 타자를 치는 이유도 후회 없는 삶을 살고 싶어서다. 비록 물은 이미 엎질러졌지만 다시 일어나 내가 원하는 삶을 살 수 있다고 말하고 싶다.

얼마 전, 정말 많은 공감이 갔던 유튜브 영상이 있다. 그 영상을 보고 가슴까지 울컥했던 기억이 난다. 우리는 우리 자신에게 너무 인색하다는 것이다. 잘하는 일에는 당연한 것이라 여기기에 칭찬에 인색하고, 실수하는 일에는 격려보다는 질책한다는 것이다. 그런 이유로 많은 사람이 죽어간다고 했다. 삶이 끝날 때까지 함께하는 사람은 누구도 아닌 자기 자신이다. 내가 나를 책임지고 돌봐야 한다. 스스로를 격려하며 용기를 주자.

나는 완벽한 행복한 삶을 살려다 결국은 다 잃었다. 하지만 불완전한 삶이라 해도, 또는 뜻대로 되지 않는 삶이라 비관해도, 그리고 나이가 많아서 도전하기가 겁난다 해도 이 모든 일을 이겨내고 다시 시작하며 스스로를 칭찬하고 격려하며 성취해나갈 때, 진정으로 완벽한 삶을 살 수 있게 되는 것이 아닐까 생각한다.

그런데도 용기를 내지 못하는 것은 내가 만들어놓은 두려움 때문이다. 두려움으로 시도조차 못 하고 바닥으로 내려가는 상황을 스스로 만드는 것이다. 또한 남들이 나를 어떻게 볼까 하는 생각에 나의 현재 상황을 감추는 것도 있다. 나도 그랬다. 손가락질할 것 같고 돈만 밝히는 여자라고 할 것 같았고, 얼마나 간이 부었으면 한 번에 그렇게 큰돈을 배팅하냐며 멍청하다고 할 것 같아 두려움으로 꼼짝도 못 한 채 벌벌 떨기만 했었다.

하지만 두려움은 사실 실체가 없다는 것을 알아야 한다. 보통 우리는 이것을 지나고 나서야 알게 된다. 그러니 두려움에서 벗어나는 행동부터 해보자. 실행만이 두려움을 이길 수 있다.

그리고 사실 남들은 내 일에 그다지 관심이 없다. 관심이 있는 사람은 오직 나 자신이다. 혜민 스님도 말했다. "생각보다 다른 사람들은 내게 관심이 없으니 남 눈치 보지 말고 하고 싶은 일이 있으면 하라"고 말이다.

이제는 우리도 안다. 누군가의 삶이 눈으로 보이는 것만이 전부는 아니라는 것을 말이다. 겉으로 보이는 타인의 행복한, 성공한, 잘나가는 삶에 주눅이 들 필요는 없다. 진짜 중요한 것은 나에게 솔직하고, 내 삶을 인정하고 책임지는 과정에서 다시 일어서는 용기가 아닐까 생각해본다.

조건 없이 자신을 사랑하자

"은겸아, 사랑해!"

나는 거울 속 내게 나지막이 속삭였다.

"사랑한다고? 나를? 왜 사랑하는데?"

거울 속 나는 놀란 듯 내게 되물었다. 마치 어이없는 눈빛이었다. 나는 온몸이 오글거렸다. 아니 토할 것 같았다. 속이 울렁거려 곧바로 화장실 세면대로 달려갔다. 그리고 눈물이 터져버렸다. 그대로 주저앉아 하염없이 울었다.

마음공부를 하며 자기 사랑을 배울 때다. 한 번도 내게 사랑한다고 말해본 적이 없었던 나는 거울을 보며 연습을 해도 힘들었다. 막상 사랑하는 이유를 말하려니 할 말이 없었다. 그동안 살아오면서 힘들었던 순간들이 떠오르면서 온갖 서러움이 폭발했다.

청각장애로 태어나 못 듣는 내가 싫었고, 배우지 못해 스펙 없는 내가 싫었고, 돈을 많이 벌 능력이 없는 내가 싫었다. 이런 내가 싫어서 돌아가신 부모님을 원망하며, 세상을 원망하며 살았다. 그렇게 살아온 내게 어느 날 사랑한다고 말하니 온몸에 전율이 흘렀다. 전기에 내 몸이 감전된 것 같았다. 거짓말 같은 사랑으로 나를 화나게 하지 말라는 경고 같았다.

진심이 없는 사랑이었다. 나를 사랑한다는 것이 어떤 것인지 모르고 있었다. 한 번도 해본 적이 없는 자기 사랑을 하려니 너무나 어색하다 못해 거울 속 나는 비웃으며 도리어 나를 외면하고 있었다.

감정도 인격체라는 것을 알게 된 것은 마음공부를 하면서다. 불교에서는 이것을 업력이라고 한다. 업력이 크면 우리는 스스로 감정을 컨트롤하지 못하고 감정에 끌려가는 노예가 된다. 업력이 크기 때문이다.

그 후 조건 없이 나를 사랑하는 데는 정말 많은 시간이 걸렸다. 내 안에서 올라오는 여러 감정을 일일이 알아주고 안아주는 내면 작업이 시작되면서 많은 눈물로 지난 아픔을 허용하는 시간이 필요했다. 특히 청각장애로 받았던 상처로 서럽고 외로운 감정이 올라올 때는 그 감정을 알아주는 과정에서 주체할 수 없는 눈물이 가슴 밑바닥에서부터 올라와 서러움으로 꺼이꺼이 목놓아 울어대는 소리에 나조차도 당황한 적이 많았다.

장애로 태어나 받았던 따돌림, 비난, 무시당했던 상처들을 미처 알아주지 못하고 나조차도 외면하며 그런 네가 싫다고 했던 내면의 그 아이에게 진심으로 미안하다고 말해주었다. 긴긴 세월 혼자서 얼마나 외롭고 힘들었냐며, 알아주는 사람도 없고 부모도 형제도 가족도 무관심해서 서러웠는데 나조차도 외면하고 몰라줘서 미안하다고, 그런데도 죽지 않고 지금까지 잘 견뎌줘서 정말 고맙다고 진심으로 내 마음을 전했다.

그 마음이 온전히 전달되었는지 또다시 서럽게 울었다. 다른 사람도 아닌 내게 따뜻한 한마디의 위로를 받고 싶었다. 상처 난 내 마음은 누구도 아닌 내가 알아주는 게 맞다. 우리는 한 몸이니 말이다. 내 안에 있는 또 다른 나이니 내가 위로해주고 사랑해주는 것은 너무나 당연한 이치라는 것을 내면의 외로운 감정과 만난 후 알게 되었다.

힘들었던 또 하나의 감정은 분노다. 어릴 때 오빠에게 이유 없이 맞았던 이 감정을 풀어주지 못하고 오랜 세월 차곡차곡 쌓아둔 것이 살아가며 분노의 감정이 올라오는 상황으로 펼쳐졌다. 그리고 내게 왜 이런 일이 일어나는지 이유도 모른 채 나를 더욱 싫어하는 패턴의 연속이 되었다.

내가 이 분노의 감정과 만났을 때는 3일간 통곡하며 울었던 것 같다. 그만큼 이 감정은 상처가 깊었다. 쉽게 풀어지지 않는 분노의 감정으로 삶이 너무 억울하다고 느꼈다. 너무 억울해서 이 세상의 모든 남자를 다 죽이고 싶은 마음이 올라오기도 했었다.

이런 무서운 감정이 올라온 내가 싫어서 나를 미워하고 알아주지 않았다. 외면할수록 오빠를 보면 미움이 가득했고, 이런 현상은 남편까지도 미워하는 마음으로 커졌다. 남편과 싸울 때도 이 분노의 감정이 튀어나오며 쌈닭이 되었다. 제어가 안 되었다. 내부 압력을 어느 정도 빼고 나서야 이 분노의 감정을 마주하는 게 힘들지 않았다.

나는 분노의 감정과 천천히 친해지는 연습부터 시작했다. 어떤 상황이나 조건에서 분노의 감정이 올라올 때면 그 감정을 회피하기보다는 인정해주기 시작했다. 그리고 그 감정이 하고 싶은 말을 내가 대신 감정에게 귓속말로 해주었다. 시원해질 때까지 듣고 싶은 말을 해주다 보면 분노의 감정이 조금씩 내려간다. 그리고 마지막에는 꼭 가슴에 손을 얹고 사랑한다고 말해주었다.

이 분노 감정도 결국은 나를 지켜주기 위한 감정이었다는 것을 알게 되었다. 나의 내면에 있는 감정들이다. 내가 만들어놓은 감정이기에 아무 조건 없이 이 모든 감정을 사랑하는 것이 나를 진정으로 사랑하는 길이라는 것을 알게 되었다.

내면 작업의 치유과정은 한 번에 해서 되는 게 아니다. 조건 없이 나를 사랑하겠다는 마음을 가졌을 때, 어떤 상황에서도 나를 먼저 챙기고 행복하겠다고 선언했을 때 일어난다는 것을 알게 되었다. 청각장애가 있어도, 배우지 못했어도, 돈을 많이 벌 능력이 없어도 그런 나를 사랑하기 시작했다. 못난 나도 있는 그대로 사랑하는 마음이 생기니 삶을 바라보는 관점이 바뀌기 시작했다. 내가 옳다고 주장했던 예전의 내 모습이 부끄럽게 느껴졌고, 다른 사람들의 결점이 도리어 내게도 있었다는 것을 깨닫기도 했다.

조건 없이 나를 사랑한다는 것은 나도 타인에게 존중받는 노력을 해야 하는 것임을 알게 되었다. 내가 귀한 사람이란 것을 알게 되면서 나를 소중하게 대했다. 내가 소중하니 다른 사람들도 소중한 존재라고 느끼게 되었다.

상처와 아픔으로 얼룩진 시련도 다른 사람이 아닌 내가 만들었다는 것을 알게 되면서 그런 아픔과 시련들이 결국은 나를 성장시켜줬다는 것을 알았다. 나와 평생 함께할 사람은 내 안에 있는 나 자신이라는 것을 알게 되었다. 그리고 내가 만든 불행한 과거 속에서 벗어나 현재를 행복하게 사는 것이 조건 없이 나를 사랑하는 것임을 알게 되었다.

이제는 삶이 내게 두려움을 가져다준다 해도 맞설 용기가 생겼다. 나를 사랑하기 때문이다.

"사랑은 언제나 오래 참고, 사랑은 언제나 온유하며, 사랑은 시기하지 않으며 자랑도 교만도 아니 하며, 사랑은 무례히 행치 않고, 자기의 유익을 구치 않고, 사랑은 성내지 아니하며, 진리와 함께 기뻐하네. 사랑은 모든 것을 감싸주고 바라고 믿고 참아내며, 사랑은 영원토록 변함없네. 믿음과 소망과 사랑은 이 세상 끝까지 영원하며 믿음과 소망과 사랑 중에 그중에 제일은 사랑이라. 그중에 제일은 사랑이라."

- 김세환, 〈사랑〉

내가 이 노래를 알게 된 것은 초등학교 시절 시골교회에서다. 처음에는 교인들만 부르는 찬송가인 줄 알았는데, 커가면서 모든 사람이 자연스럽게 많이 부른다는 것을 알았다. 처음에는 이 노래에 큰 의미를 두지 않았다. 연인들의 사랑을 주제로 한 노래라고 생각했다.

하지만 언제부터인가 나는 우울할 때도 기쁠 때도 이 노래를 나지막이 부르고 있었다. 어떨 때는 내면에서 알 수 없는 충만함이 넘쳐서 울컥할 때도 있었다. 도대체 이 노래가 무엇이길래 이토록 내 마음을 기쁘게 하고 감동을 주는지, 가사를 음미했다.

조건 없는 자기 사랑을 알고 난 후에 이 노래의 진리를 알게 되었다. 이 노래를 작사한 사람은 누굴까 궁금해져 네이버에 검색했다. 세상에 빛과 소금을 남기고 고인이 된 정두영 씨였다. 이분은 성공한 음악인에서 하나님의 종으로 기적 같은 삶을 살다가 가신 분이었다.

어느 날, 심방 예배를 드리던 중 알게 된 '고린도전서 13장' 말씀을 접한 그는 크나큰 감동에 하나님의 힘에 이끌려 15분 만에 <사랑은 오래 참고>를 완성하는 기적을 이루게 되었다고 한다. 우리나라에서는 김세환 씨가 부르면서 유명세를 탔다는 글도 있었다. 언젠가 TV에서 김세환 씨가 부르는 것을 본 적이 있었다. 읊조리면서 부르는 노래가 마치 자신과 대화하는 듯한 느낌을 받았다.

조건 없이 자기 사랑을 하는 사람들은 이 노래의 진짜 의미를 알지 않을까 생각한다. 자기 사랑을 하는 사람은 노래 가사처럼 삶의 모든 애환을 묵묵히 인내하며 감싸주는 믿음을 가지고 있다. 나는 이 노래를 남겨주시고 간 고인이 된 정두영 님께 두 손 모아 감사의 기도를 드렸다.

우연히 성장하는 사람은 아무도 없다

누군가는 내게 "일어날 일이 일어난 것이다"라고 말했다. 다만 이 일로 어떤 것을 깨닫고 배울 것인지 공부해보라고 했다. 그나마 그렇게라도 말해주는 사람은 정말 큰 위로가 되었다. 큰돈을 그렇게 한순간에 날리는 어리석은 사람 취급을 하며 뒤돌아 험담하는 사람들도 보았으니까. 어찌 됐든 나는 이 상황을 내 무지로 인한 잘못으로 받아들였다.

그리고 내게 큰 위로와 격려의 말을 해주는 사람들에게 다시 시작할 수 있는 용기를 보여주고 싶었다. 변하고 싶은 마음이 간절했다.

인생이 어떻게 평탄하기만 할까. 오르막이 있으면 내리막이 있듯이 삶에도 굴곡이 있다. 내게는 30년 전부터 알고 지낸 지인분이 있다. 나이가 꽤 있으신 이분은 피아노 조율사로, 국가공인 자격증도

소유하신 분이다. 젊은 시절, 주식으로 큰돈을 잃고 빌려준 돈마저 받지도 못하는 상황에 어린 남매를 데리고 어떻게 살아가나 하며 큰 상심 속에 있었다고 한다.

미용 기술을 배워 시작했다가 주부습진이라는 병이 손 전체에 퍼져서 일도 못 해 매일 우는 날이 많았다고 한다. 그러다 하나님께 기도했다. 간절한 마음과 믿음이 통했는지 그분은 어느 날, 버스 뒷좌석에 보이는 피아노 조율사 광고 문구에 호기심이 들기는 했지만, 별 관심은 안 가졌다고 한다. 그러다 또 한 번 잡지광고에서 같은 피아노 조율사 광고를 보고는 결심을 하고, 두 돌이 지난 딸을 업고 기술을 배우러 갔다고 한다.

남자들도 어려워하는 피아노 조율사 기술을 여자분이 배우러 온 것을 본 사장님은 처음에는 반대했다고 한다. 분명히 도중에 포기할 거라고 생각한 것이다. 하지만 끈질기게 사장님을 설득한 이분은 그때부터 독한 마음을 먹고 피아노 조율사 기술에 도전했다.

이분은 그때 주식으로 큰돈을 잃지 않았다면, 지금의 본인은 없을 거라고 말했다. 오히려 그때의 시련으로 한 단계 성장하는 엄마가 되면서 돈을 벌고 관리하는 법을 배우게 되었고, 어린 자식들을 어떻게 가르쳐야 하는지도 알게 되었다고 했다. 이분은 자녀들도 훌륭하게 잘 키워 존경받는 어머니가 되었다.

나는 이분에게서 큰 사랑과 지혜를 겸비한 강인한 어머니의 정신을 보게 된다. 지금도 여전히 멋진 여자의 삶을 살아가고 있다. 언제 기회가 된다면 따뜻한 차 한잔을 마시며 다시 한번 이분의 진심 어린 지혜의 조언을 듣고 남은 삶의 여정도 여쭤보고 싶다.

유명한 배우나 성공한 기업인들의 삶만 보더라도 우여곡절 다 겪고 실패와 시련을 이겨내면서 쌓아올린 공이 있다는 것을 알게 된다. 그중에 내 마음을 울린 공인이 있다면 개그맨 유재석 씨를 꼽고 싶다.

프로그램이 정확히 기억은 잘 안 나지만 돈과 관련된 진실 게임이었던 것 같다. 복권 당첨금을 탔을 때 이 금액을 불우이웃 돕기에 선뜻 내놓을 마음이 있는지에 관한 예능이었다. 모든 출연진이 그렇게 하겠다는 진실 게임에 모두 거짓말인 빨간불이 들어왔다.

하지만 유재석 씨는 진실한 마음으로 눈동자 하나 흔들리지 않는 모습이 내게도 느껴졌다. 진실인 파란불이 켜질 것이라고 확신했다. 그리고 정말 유재석 씨만 복권이 당첨된다면 불우이웃 돕기에 기부할 수 있다는 마음이 진실로 확인되었다. 오래전에 방영된 예능프로였지만 유재석 씨만 보면 늘 생각이 난다.

언젠가 게스트로 나온 프로그램에서 유재석 씨의 일화를 듣게 되었다. 그는 만 18세의 나이로 대학개그제에 나가 수상을 했고 kbs 공채 7기로 이른 나이에 데뷔했지만, 그 이후 무려 8년간의 무명 생활로 무기력하게 집 안에서만 지냈다고 한다. 같은 동기들은 승승장구하며 잘나가는 것을 보며 매일 밤 자신을 몰라주는 세상과 PD 탓만 하면서 노력하지 않았다고 한다. 그렇게 방황 아닌 방황을 하다가 군 생활을 하며 마음을 추스르던 시기에 매일 밤 간절히 부처님께 기도했다고 한다.

"제발 한 번만 기회를 주세요! 저에게 한 번만 기회를 주신다면 제가 가진 모든 재능으로 선한 영향력이 되는 사람이 되겠습니다."

이 기도를 시작으로 모든 것을 불평 대신 감사함으로 시작하자 한 PD가 기회를 주어서 처음으로 콩트에서 주역을 맡았지만 시기를 잘못 만나 코너가 막을 내렸을 때도 그는 좌절했지만 포기하지 않았다고 한다.

그렇게 계속 최선을 다하자 주변에서 도와주려는 사람들이 생기기 시작하면서 오늘의 국민 MC로 거듭날 수 있었다고 한다. 유재석 씨는 무명 시절에 가졌던 불평, 교만함, 나태함, 그런 것들이 성장을 막는 장애물이었기에 자신의 부족한 점을 깨닫고 시청자의 재미를 위해 자신을 낮추는 선배들의 장점을 배워 자기 것으로 만들려는 노력을 많이 했다고 한다.

간절한 마음으로 기도했고 마음가짐을 바꾸고 최선을 다하는 행동으로 바꾸었더니 자신의 인생이 바뀌어 아버지가 졌던 빚까지 갚으며 성공한 삶을 살고 있다고 말하는 모습에서 '8년간의 무명 시절이 어쩌면 더 큰 사람으로 성장하기 위한 시련이 아니었을까?' 생각해보았다. 지금도 유재석 씨는 감사하는 자세와 초심을 유지하며 꾸준한 자기관리로 시청자들의 사랑을 받고 있다.

유재석 씨로 인해 새로운 삶을 살고 있다는 20대 젊은 청년이 나온 방송도 생각난다. 유재석 씨는 지나온 삶 중에 제일 후회되는 순간이 있다면 '아무것도 안 하고 무기력하게 보낸 시간'이라고 하며 '혹시나 지금도 어떤 방황으로 무기력하게 보내고 있는 청년들이 있다면 그러지 말고 밖으로 나가라 움직여라. 무엇이라도 해라 젊음을 그렇게 보내지 마라. 나중에 정말 후회된다'고 말했다. 이렇게 말하는 유재석 씨를 보고 감명을 받아 마음을 고쳐먹고 새로운 삶을 살고 있다는 어느 사연자의 말이 가슴을 울렸다.

이렇듯 유재석 씨는 가치 있는 삶을 살고 있다. 정말 존경받아 마땅한 국민 MC가 아닐까 생각한다. 오랜 시간이 지나도 늘 한결같은 모습에 나도 저런 마음가짐을 본받아야겠다고 생각했다.

우리는 '세상에 우연이란 없다'라는 말을 종종 하곤 한다. 지나고 보면 어떤 만남도 우연이 아닌 필연이었다는 것이다. 새로운 인연을 만났을 때도 처음에는 우연처럼 보이지만 나중에 한참 지나고 나면 우연이 아닌 필연이다. 만날 인연이다.

시련도 그런 것 같다. 처음엔 내게만 일어나는 우연처럼 보이지만 그 시련으로 성장한 후에는 우연이 아니었다는 것을 알게 된다. 그 것은 일찍 철이 든 아들만 보더라도 그렇다. 나는 아들을 보며 성장은 우연히 일어나는 것이 아니라 시련을 통해 얻어진다는 것을 알게 되었다. 앞으로도 아들은 어떤 시련이 온다고 해도 지금까지 해온 것처럼 잘 이겨나가리라 믿는다.

내게는 청각장애가 있는 친정 식구 5남매가 있다. 둘째 오빠만 정상이고 언니와 오빠 둘은 나처럼 장애가 있다. 난 가족이라는 인연으로 형제가 된 친정 언니와 오빠들이 최고의 성장을 한 사람들이라고 생각한다. 특히 큰오빠는 장남으로서 부모님도 안 계시고 동생들을 돌봐야 하는 상황에서 청각장애로 인해 대위에서 예편을 한 열악한 상황을 맞이했다. 하지만 다시 심기일전해 예비군 중대장 시험을 치러 합격했다. 대단한 사람이라고 생각한다. 이 지면을 빌어 언니와 오빠들에게 정말 감사하다고 전하고 싶다.

우리는 성장하며 행복한 삶을 살기 위해 지구별에 온 것임을 알자. 시련을 통한 성장은 우연이 아닌 필연임을 안다면, 우리에게 주어진 삶을 가치 있게 살아갈 수 있지 않을까.

가슴이 시키는 대로 행동하자

"은겸아, 빨리 나와서 밥 먹어."

"알았어. 잠깐만, 이거 마저 다 읽고."

"너는 우리 집에 놀러 와서도 책밖에 안 읽냐? 너 놀러 온 거야, 책 보러 온 거야?"

"응 미안. 책이 너무 재미있어서…. 너는 좋겠다. 이렇게 재미난 책도 마음껏 볼 수 있으니까. 부럽다."

내가 초등학교 3학년 때였던 것 같다. 친구들 틈에 끼어 처음 가본 J의 집은 정말 상상해보지도 못한 부잣집이었다. 우선 맛있는 사과를 바구니에 한가득 담아 내놓은 게 그랬다. J의 어머니께서 차려주신 밥상에 달걀부침, 소고기 장조림, 들기름에 구운 고소한 김이 올라온 것만 봐도 그랬다. 우리 집에서는 구경도 못 하는 반찬과 과일이 J의 집에는 항시 넘치듯 풍족한 것 같았다.

하지만 내가 정말 신기해했던 건 J의 집에서 본 수많은 동화책이었다. 《신데렐라》, 《알라딘의 요술램프》, 《백설 공주》 등, 내가 알지도 못했던 동화책이 책장에 빼곡히 꽂혀 있었다. 관심 가는 책을 펼쳤을 때 보이는 그림도 너무 신기했고, 내용도 너무 재미있었다. 한번 책을 읽기 시작하면 일어설 수가 없었다.

나는 학교에서 배우는 교과서만 보다가 알록달록한 그림책 속으로 퐁당 빠져들었다. J는 자기네 집에 놀러 와서 책만 보는 내가 이해가 안 되었는지, 식사 때면 나를 끌고 나오기 바빴다.

J가 나를 이해하지 못하는 건 어쩌면 당연했다. 우리 집에는 풍족하게 먹을 과일도, 많은 반찬도 없었으니까. 밥 위에 생달걀을 올리고 진미 간장을 넣어 비벼 먹었던, 마치 천국의 맛 같았던 그런 음식이 없었으니까. 그런 우리 집에서 동화책은 사치였다. 나는 동화책이 많은 J의 집에 자주 가고 싶었다. 하지만 J와 나는 사는 동네도 멀었고, 단짝 친구도 아니었다. 멀어지는 건 자연스러운 절차였다. 지금도 어린 시절, J의 집에서 동화책 속에 빠졌던 것을 생각하면 웃음이 나온다.

초등학교 시절, 내가 유일하게 100점을 받은 과목이 받아쓰기였다. 다른 과목은 그 반대였지만 말이다. 그나마 받아쓰기에서 100점을 받은 게 책을 좋아하게 만든 건 아닐까 생각해본다.

뒤늦게 떠올려보면 나도 모르게 가슴이 시키는 대로 했던 것은 책을 읽는 거였다. 책이 많은 친구 집에 가서 남자아이들은 밖에서 놀았고 여자아이들은 방에서 인형 놀이를 할 때도 난 오로지 책만 읽었기 때문이다. 정말 시간 가는 줄도 모르게 빠져들었다. 물론 그때는 가슴이 시켜서 하는 행동인 줄 몰랐다.

학교에 다니기 싫었던 사춘기 시절, 갈 데가 없어 만화방으로 자연스럽게 들어가 만화책을 읽었다. 이런 책 읽는 습관은 이후에도 자연스럽게 이어졌다. 20대에는 연인들의 아름다운 사랑에 관한 책이 가슴을 울렸고 나도 그런 사랑을 해보고 싶다는 애틋함이 있었다. 지금 생각해보면 많이 외로웠던 것 같다.

30대는 아이들과 시부모님 케어하느라 책을 가까이 못 한 것 같다. 40대가 되면서 마음에 관한 책을 읽기 시작했다. '어떻게 하면 돈을 많이 벌 수 있을까?' 생각했지만 워낙 스펙이 없던 나는 부자가 되는 글에 스펙이 좋은 사람들의 내용이 나올 때마다 가슴에서 불편한 감정이 생겼다.

지금 생각해보면 나는 이미 '할 수 없다'라는 생각이 무의식 속에 있던 것이다. '스펙이 없는 내가 무슨 머리로 돈을 벌 수 있겠어?' 하며 나의 가치를 나 스스로 과소평가했다. 더 정확히 말하면, 두려움이었다. 익숙한 것이 아닌 새로운 일에 대한 믿음과 확신이 없는 두려움이 나를 불편하게 만들었다.

불편한 감정으로 내가 할 수 있을 것 같은 다른 책을 펼쳐도 부자가 되는 방법은 지금 내가 하는 생각, 행동을 전부 바꿔야 하는 내용이었다. 바꿔야겠다고 마음먹고 수십 권의 책을 읽어도 내 행동은 바뀌지 않았다. 부자가 되려고 발버둥 치는 사이에 도리어 나는 전 재산을 다 잃는 이혼녀가 되고 말았다. 무엇이 문제인지 모른 채 말이다.

나는 일요일이면 <뭉쳐야 찬다 3>라는 프로그램을 보았다. 남자 연예인들이 나와서 축구를 하는 프로다. 어릴 때부터 운동신경이 좋았던 나는 운동을 굉장히 좋아했다. 초등학교 체육 시간은 내 세상이나 다름없었을 정도였으니 말이다. 나는 피구도 발야구도 잘했다. 예능프로 <뭉쳐야 찬다 3>를 보면 다른 종목의 스포츠 선수들이 다시 축구를 하고 싶어 오디션을 치르면서 합격해 '어쩌다 벤져스'라는 팀원이 되어 다른 팀원들과 축구 경기를 치르는 프로다. 예능처럼 재미로 하는 보여주기식이 아니라 진심으로 하는 축구 경기라서 집중해서 보게 된다.

그 프로그램을 보면서 나는 많은 생각이 교차하면서 감동하게 된다. 왜냐면 그곳에 오디션을 보러 나오는 선수들은 처음에는 축구선수로 꿈을 꾸었다가 여건상 다른 종목으로 이전해서 국가대표 선수가 되었지만, 결국은 처음에 가졌던 축구의 꿈을 포기하지 못해 예능에서 하는 축구로라도 꿈을 이루고 싶은 것이다.

안정환 감독이 왜 축구 오디션을 보러 왔냐고 묻자 다들 하나같이 어릴 때부터 축구 선수가 꿈이었다며 말하는 애틋한 사연은 가슴을 울렸다. 그 선수들은 가슴이 시키는 대로 행동한 것이다. 생각 같아서는 오디션 참가자 모두 합격해서 원하는 꿈을 이루었으면 좋겠지만, 요즘은 심사가 굉장히 까다로워진 것 같다. 어쨌든 늦게라도 용기를 낸 선수들에게 손뼉을 쳐주고 싶다.

김도사, 권마담의 저서 《부와 행운을 끌어당기는 우주의 법칙》에서는 "성공해서 책을 쓰는 게 아니라 책을 써야 성공한다"라고 말한다. 인생의 기회는 무거운 짐처럼 다가온다. 그래서 대부분 사람들은 기회를 잃고 만다. 기회를 짐처럼 느끼지 않으려면 평소 다가오는 도전에 망설이면 안 된다. 그리고 인생을 즐겨야 한다. 그렇게 되면 모든 것이 기회가 된다고 했다.

권마담 역시 그때 당시 집이 경매로 넘어가는 힘든 상황이었지만 가슴이 시키는 대로 해외여행을 갔다고 한다. 형편상 큰맘을 먹지 않으면 갈 수 없는 해외여행이었지만, 더 큰 꿈을 향해 더 잃기 전에, 더 늦기 전에 도전했다고 한다. 생각을 바꾸고 가슴이 시키는 대로 도전한 결과, 지금의 그녀는 성공한 자산가가 되었다.

나는 이 책을 읽는 순간, 나도 모르게 가슴이 뛰기 시작했다. 그리고 두려움에 맞설 용기가 생겼다. 가슴이 시키는 대로 하고 싶은 일을 할 수 있도록 우주가 도와준다는 믿음과 확신이 생겼다.

내가 살아오면서 겪었던 삶의 시련과 실패의 경험과 절망, 그리고 그럼에도 일어설 수 있었던 용기를 조금이라도 독자분들과 나누면 누군가에게는 도움이 될 수도 있다는 생각에 힘이 나기도 했다. 그럴 때면 신나서 빨리 글을 쓰고 싶은 마음에 가슴이 벅차기도 했다. 그렇게 나는 늦은 나이에도 가슴이 시키는 대로 행동하는 멋진 여자가 되기로 했다.

우리 모두에게는 분명 가슴이 시키는 일이 있을 것이다. 다만 아직 찾지 못하고 있을 뿐이다. 모를 때는 내면에 자꾸 물어보자. 나도 그렇게 내게 묻고 또 물었다. 가슴에 손을 얹고 내가 좋아하는 것, 하고 싶어 하는 일을 물어보라. 답은 항상 내 안에 있음을 알자. 그리고 가슴이 시키는 대로 행동하자! 분명 설렘과 열정이 생길 것이다.

내가 하고 싶은 일을 하자, 더 늦기 전에

7년 전쯤인 것 같다. 허리로 인해 병원에 입원했을 때, 태극권 참장이라는 허리강화 운동을 알려주신 경찰 분이 계셨다. 마음공부를 하신 분이었는지 내게 론다 번(Rhonda Byrne)의 《시크릿》을 선물로 주셨다. 나는 끌어당김의 법칙을 그 책을 통해서 처음으로 알게 되었다. 마음으로 원하는 것은 무엇이든지 얻을 수 있다는 내용이 굉장히 흥미롭게 느껴졌다.

2년이 지난 어느 날, 그분은 시인에 등단했다는 소식을 내게 전해왔다. 나는 깜짝 놀랐다. 어릴 때부터 시인이 꿈이었다는 소리는 들었지만 나이가 꽤 있었기에 꿈은 꿈일 뿐이라고 생각했기 때문이다. 죽기 전에 글과 시를 원 없이 쓰는 게 소원이라서 틈틈이 공부하며 준비했다고 한다. 어릴 때의 꿈을 포기하지 않고 늦은 나이에도 꿈을 이룬 것이 너무나 대단하게 느껴졌다. 나는 평범하게만 보였던 그분이 시인이 되었다는 소리에 존경의 마음이 들었고 너무 부러웠다. 지금은 과감히 경찰직에 사표를 내고 시인으로서 평론가로서 바쁘게 활동하고 계신다. 이 지면을 빌어서 다시 한번 축하의 말을 전하고 싶다.

단풍이 곱게 물드는 가을이 왔다. 창문 밖을 내다보니 버드나무가 보였다. 그 나무를 보니 초등학교 친구 B가 떠올랐다. 미술 시간에 버드나무를 그린 B의 그림을 보며 놀랐던 적이 있었다. 초등학생이었지만 진짜 냇가의 버드나무를 보는 것처럼 너무나 섬세하게 그렸기 때문이다. 나는 B가 나중에 유명한 화가가 될 거라고 생각했다. 그리고 진심으로 그렇게 되길 바랐다.

하지만 B는 가정형편이 어려워 가고 싶었던 미대 진학을 포기하고 교육학과를 나와 중학교 영어 선생님을 하다가 말을 많이 하는 직업상 목에 무리가 갔는지 퇴직을 했다. 그 후 결혼해서 지금까지 공부방을 운영 중이다.

오래전 우연히 B를 만나 차를 마시며 이야기를 나누었다. 삶이 힘들다고 느껴질 때는 누구나 한 번쯤은 사주를 잘 본다는 철학관이나 타로점을 볼 것이다. B도 교직을 떠나 삶이 힘들 때 철학관을 찾아갔다고 한다. 그곳에서 진로를 잘못 선택했다고 하면서 미대를 갔다면 유명세를 치르고 성공했다는 것이다.

B는 이미 지나간 일이 되었지만, 철학관에서 들은 말이 아니었어도 그때 하고 싶었던 그림을 못 한 것이 세월이 지나서도 못내 후회된다고 했다. 아직도 그림에 대한 꿈이 가슴에 있는 듯했다. 나는 B의 이야기를 들으며 안타까운 마음이 들었다. 아까운 재능을 못 쓰고 좋아하는 일을 마음껏 못 하는 것은 눈을 감을 때까지 가슴에 맺힐 수도 있다는 것을 알기 때문이다. 나는 B에게 지금도 늦지 않았다고 말해주고 싶다.

요즘 젊은 사람들은 우리 때와는 다르게 하고 싶은 일이 있으면 뚝심 있게 하는 것 같다. 내게는 30살이 된 조카가 있다. 지금은 일본에서 직장 생활을 하는 아주 멋진 전문직 여성이다. 이 조카는 중학교 때 아빠에게 일본어를 배우고 싶다며 학원에 보내달라고 했다고 한다. 하지만 학교 성적이 안 좋았는지 일본어보다 학교 공부를 하라며 반대를 당했다. 그래도 일본어가 하고 싶었던 조카는 일본 가수의 노래를 들으며 독학으로 공부했다.

고등학교에 가서도 틈틈이 공부했던 어느 날, 학교 교내 일본어 경시대회에서 1등을 하면서 조카의 일본어는 더욱 가속도가 붙었다. 대학교에 가서도 일본 교환 학생으로 참여하면서 일본 생활을 해보니 좋았는지 일본 대학으로 편입을 한 후, 졸업하고 지금은 일본 회사에 취업이 되어 자기가 좋아하는 일본어를 쓰면서 행복한 직장 생활을 보내고 있다.

나는 내 조카지만 정말 기특하고 대견하다고 생각했다. 좋아하는 일본어로 좋아하는 일을 하면서 삶을 살아가니 적어도 후회는 안 한다고 했다. 만약 아빠가 반대했다고 안 했다면 언젠가는 가슴에 미련으로 남아 다른 어떤 일을 하더라도 계속 생각났을 것이다.

정말 본인이 하고 싶은 일이 있어 그것을 간절히 원하면, 그리고 행동이 뒷받침된다면, 《시크릿》의 '끌어당김 법칙'처럼 주변에서는 그 일을 할 수 있도록 길을 열어주는 것 같다. 7년이라는 세월 동안 마음공부를 하면서 내가 느낀 것은 '우리는 이 지구별에 왜 왔는가?' 하는 것이다. 불교 공부도 계속하다 보면 결국은 '나는 누구인가?'이다. 대부분 나의 정체성을 알고 싶어서 마음공부를 하는 사람들이 많다.

나도 그랬다. 내가 왜 장애를 가지고 태어난 것인지, 죽으면 어떻게 되는 것인지, 그리고 나는 삶이 왜 이렇게 힘든 것인지 궁금했다. 남들은 자기가 좋아하는 일을 찾아서 행복하게 사는데, 나는 내가 좋아하는 일이 무엇인지도 모르겠고, 내가 잘하는 것도 무엇인지 알 수 없었다. 아무것도 모르는 상태에서 무조건 잘살고 싶었고, 무조건 성공해서 부자가 되어서 행복해지고 싶었다.

가정도 돈도 다 잃었을 때는 이미 잘못된 생각으로 살아왔다는 것을 깨닫고 난 후였다. 그제야 나 자신에게 묻기 시작했다. 내가 진실로 원하고 좋아하는 일이 무엇인지 알고 싶었다. 이제는 돈이 목적이 아닌 진정으로 내가 원하는 것을 하고 싶었다. 그래야 적어도 눈을 감을 때 후회하지 않을 것 같다.

나는 신이 있다고 믿는다. 그리고 우리는 모두 신의 자식이다. 물론 예전에는 감히 범접하지 못하는 위대한 곳에 신이 있다고 믿었다. 내가 신과 소통한다는 것은 언감생심 말도 안 된다고 생각했다. 목사님과 스님이 그래서 있는 거라고 생각했다. 하지만 내가 잘못 알고 있었다는 것을 알게 되었다. 신은 우리 내면에 존재한다.

잘못된 생각으로 지나온 삶을 인정하며 나는 내면에 있는 신에게 묻고 또 물었다. 우리 내면에는 신성이 있기에 진심으로 요청한다면 신은 들어주신다고 믿었다. 그 이후, 온 우주가 나를 위해 만들어놓은 것처럼 퍼즐 조각 맞추듯 자연스럽게 내가 책을 쓰게 되는 현실이 펼쳐졌다. 내가 쓴 책이 어느 누군가에게는 편안한 위안이 될 수도 있을 것이다. 내가 살아오면서 겪었던 일들이 독자분들에게 조금이라도 위로와 힘이 된다면 나는 진정으로 가치 있는 일을 하는 것이라 생각한다.

나는 내가 당한 사기가 너무 창피한 일이라 어디 가서 말도 못 했다. 하지만 그런 사기를 당하는 사람들이 의외로 많다는 것을 알았다. 이런 내용도 책으로 공유한다면 또 한 사람의 사기를 막는 일이 될 수도 있다. 나와 같은 처지에 있는 사람들이 공감하며 어쩌면 다시 용기를 낼 수도 있기 때문이다.

내가 하고 싶은 일을 하며 가치 있게 사는 것은 이 지구별에 온 소명을 다하는 것이다. 그렇게 나는 즐겁고 행복한 삶의 목적을 이루며 살다가 갈 것이다. 나는 이제 쉰하고도 중반을 바라보는 나이가 되었다. 언젠가 힘들 때 배우 김혜자 씨의 수상소감이 내 마음을 울린 적이 있다. 그리고 많은 위로가 되었다.

"내 삶은 때론 불행했고 때론 행복했습니다. 삶이 한낱 꿈에 불과하다지만 그래도 살아서 좋았습니다. 새벽에 쩅한 차가운 공기, 꽃이 피기 전에 부는 달콤한 바람, 해 질 무렵 우러나오는 노을의 냄새, 어느 한 가지 눈부시지 않은 날이 없었습니다. 지금 삶이 힘든 당신, 당신은 이 모든 걸 매일 누릴 자격이 있습니다. 후회만 가득한 과거와 불안하기만 한 미래 때문에 지금을 망치지 마세요. 오늘을 살아가세요. 눈이 부시게! 당신은 그럴 자격이 있습니다."

너무나 멋진 명언이다. 우리는 모두 분명 지구별에 온 주어진 소명이 있다. 한 번뿐인 인생이다. 하고 싶은 일을 하자. 더 늦기 전에 눈이 부시게 삶을 살아가자.

내 삶의 목적은
무엇인가

제1판 1쇄 2024년 2월 27일

지은이 권은겸
펴낸이 한성주
펴낸곳 ㈜두드림미디어
책임편집 최윤경
디자인 김진나(nah1052@naver.com)

㈜두드림미디어
등 록 2015년 3월 25일(제2022-000009호)
주 소 서울시 강서구 공항대로 219, 620호, 621호
전 화 02)333-3577
팩 스 02)6455-3477
이메일 dodreamedia@naver.com(원고 투고 및 출판 관련 문의)
카 페 https://cafe.naver.com/dodreamedia

ISBN 979-11-93210-49-9 (03810)